Hanni und Nanni ist die beliebteste und erfolgreichste Mädchenbuch-Serie der Welt. Allein in der Bundesrepublik wurden mehr als 5 Millionen Bücher dieser Serie von Enid Blyton mit großer Begeisterung gelesen.

Von **Hanni und Nanni** gibt es 15 Einzelbände, die auch in 5 Sammelbänden zu je 3 Erzählungen zu haben sind.

Hanni und Nanni

gründen einen Klub

Enid Blyton

Schneider-Buch

Deutsche Bearbeitung:
Franz Schneider Verlag

Deckelbild: Nikolaus Moras
Illustration: Kajo Bierl
Bestell-Nummer: 3660

ISBN 3 505 03660 9

Inhalt

Wieder im Lindenhof	9
Doch eine Neue!	17
Mamsell am Skihang	23
Klubgründung	28
Arme Gina!	30
Der Klub tagt	32
Italiener müßte man sein!	35
Der Klub bewährt sich	41
Der große Tag in Neuenburg	46
Jetzt wird es Ernst	50
Ein Feldzugsplan	52
„Die Nacht der Schrecken“	58
Verdächtiger Schnupfen	66
Wer hat das Tagebuch?	69
Nun ist sogar Nanni verschwunden!	71
Verdacht auf Angela	82
Die Spürnasen	89
Klubfieber	92
Alle für eine	95
Klassenabend	101
Lebhafter Besuch	107
Und noch ein Fest!	111

Wieder in Lindenhof

„Schläfst du schon, Nanni?“ fragte Hanni Sullivan halblaut.

Ihre Zwillingsschwester knurrte irgend etwas und drehte sich auf die andere Seite. Damit gab Hanni sich aber nicht zufrieden.

„Nanni, hör doch!“ rief sie und wollte zum Bett der Schwester hinübergehen.

„Was ist denn?“ fragte Nanni zurück. Sie war sehr müde. Doch wenn Hanni sich etwas in den Kopf gesetzt hatte, gab sie keine Ruhe. Nanni richtete sich also halb auf.

„Ich habe eine tolle Idee“, verkündete Hanni und fuhr eifrig fort: „Wir gründen in Lindenhof einen Klub.“

„Einen Klub?“ Nanni war mit einem Schlag hellwach.

Am nächsten Morgen sollten die Zwillinge in ihr Internat Lindenhof zurückreisen. Seit Tagen war das in der Familie Sullivan das Hauptgesprächsthema. So sehr die Zwillinge sich zuerst gegen diese Schule gesträubt hatten, so sehr liebten sie sie jetzt. Sie hatten dort Freundschaften geschlossen, sie hatten schon viele Streiche verübt, wunderbare Mitternachtsfeste gefeiert, und sie freuten sich auf die Rückkehr nach Lindenhof.

Aber ein Klub – das war etwas ganz Neues! So etwas hatte es dort ganz bestimmt noch nicht gegeben. Ein Klub war eine schicke Sache. Es fragte sich bloß, wie Hanni ihn sich vorstellte.

„So genau kann ich noch nicht sagen, wie er aussehen wird", erklärte sie gerade. „Aber das können wir besprechen, wenn wir die anderen treffen."

„Wer soll denn zu unserem Klub gehören?" fragte Nanni. „Denkst du an unsere ganze Klasse?"

„Nur nicht!" Hanni war ehrlich entsetzt. „Wir weihen zuerst ganz wenige ein, Carlotta natürlich und Bobby."

„Marianne auch?"

„Ich finde: nein. Erst müssen wir mit unseren allerbesten Freundinnen darüber reden. Aufnehmen können wir dann immer noch ein paar mehr."

„Wie soll der Klub heißen?" fragte Nanni.

„Das weiß ich doch selber noch nicht. Darüber beraten wir dann."

„Und hat der Klub einen bestimmten Zweck?" Nanni konnte sehr beharrlich sein mit ihren Fragen. Hanni tat es richtig leid, daß sie ihren Plan schon verraten hatte.

„Darüber kannst du nachdenken. Ich tue es auch", meinte sie und fügte hinzu: „Also gute Nacht!"

„Gute Nacht."

Sie schliefen schnell ein und vergaßen für die Nacht ihren großartigen Plan. Doch am Morgen fiel er beiden sofort wieder ein. Sie konnten aber vorläufig nicht lang und breit davon reden. Ihre Mutter drängte zum Aufbruch.

„Ihr dürft den Zug nicht verpassen. Trödelt also nicht!"

Die Schwestern rannten schnell noch einmal durchs ganze Haus und durch den verschneiten Garten. Sie sagten der grauen Katze Lebewohl und streuten Mutters Kanarienvogel zum Abschied ein paar Körner in den Futternapf. Dann luden sie ihre Siebensachen ins Auto.

„Was ihr immer an Gepäck mitnehmt!“ sagte Herr Sullivan staunend. „Von einem zum anderen Mal wird es schlimmer. Ich glaube, da werde heute lieber ich zur Bahn mitfahren.“

„Wir richten uns im Internat häuslich ein“, meinte Nanni. „Du mußt das verstehen, Vati. Schließlich ist Lindenhof unser zweites Zuhause.“

„Mit der Zeit habe ich das begriffen, liebes Kind“, sagte der Vater lachend. „Es macht mir viel Spaß, wenn ich denke, wie wenig ihr am Anfang von Lindenhof wissen wolltet.“

„Man wird eben einsichtiger und klüger“, antwortete Hanni hoheitsvoll, und beide Eltern lachten herzlich.

Auf dem Bahnhof stand ihr Zug schon bereit, er hatte ein paar Sonderabteile für das Schulheim Lindenhof. Aus den Fenstern schauten Freundinnen.

„Hallo, Zwillinge“, riefen sie, „steigt in unser Abteil! Wie waren die Ferien? Habt ihr neue Pläne für die Schulzeit ausgebrütet?“

„Sei still“, flüsterte Hanni und gab der Schwester einen warnenden Rippenstoß.

„Als ob ich etwas verraten würde!“ flüsterte Nanni empört zurück und nahm das letzte Gepäckstück in Empfang, das der Vater ihr durchs Fenster hineinreichte. Dann winkten beide Schwestern ihren Eltern zum Abschied.

„Schreibt, sobald ihr angekommen seid“, bat die Mutter. Hanni und Nanni nickten eifrig. „Tun wir doch immer“, meinten sie vorwurfsvoll. Dann gingen die Sullivans. Die Zwillinge drehten sich zu den Freundinnen um.

„Hallo, Jenni! War Weihnachten schön? Und Hilda ... ja, du siehst ganz verändert aus, Hilda ... ach, du hast eine neue Frisur. Laß mal sehen ... toll geschnitten! Tag,

Anneliese, wie geht's? Bringst du neue Gedichte mit? Wo steckt Bobby? Und Carlotta?"

Aus dem Nebenabteil drängten die anderen herein, die zarte, zierliche Carla und ihre besondere Freundin, die große, kräftige Marianne, die stupsnasige Bobby mit den lustigen Augen und die dunkle Carlotta mit den widerspenstigen Locken.

„Kinder, ich war im Zirkus!" verkündete sie sofort strahlend. „Stellt euch vor, meine Großmutter hat mir die Karte zu Weihnachten geschenkt."

Das war allerdings eine Überraschung! Carlottas Vater und seine Mutter waren immer gegen den Zirkus gewesen. Sie wußten nur zu gut, wie schwer Carlotta sich von den netten Artisten getrennt hatte, die sie lange Zeit betreuten.

„War denn dein alter Zirkus in eurer Stadt"?

„Nein, nein! Aber der Zirkus Bellina gastierte dort. Überall hingen die Plakate. Ich habe nichts davon gesagt, daß ich gern hingehen wollte. Aber da rückte meine Großmutter die Karte heraus. Weil ich in meinem letzten Zeugnis gute Noten hatte, meinte sie."

„Und wie fandest du die Vorstellung?"

„Grandios! Wunderbare Pferde haben sie. Und Reiter ... Kinder, mich hat der blasse Neid gepackt!"

„Nanu, wer spricht da von Neid?" Die Klassenlehrerin der Mädchen, Fräulein Körner, war unbemerkt ins Abteil gekommen.

Sie begrüßte alle freundlich und hakte dann auf ihrer Liste jeden Neuankömmling ab.

„Hanni und Nanni Sullivan", fragte sie, „habt ihr eure Kusine Elli nicht mitgebracht?"

„Nein, Fräulein Körner, ihre Mutter fährt sie mit dem Wagen direkt nach Lindenhof. Sie hat gestern abend bei uns angerufen und wollte auch der Hausmutter Nachricht geben."

„Dann ist es gut." Fräulein Körner ging weiter, um auch die anderen Abteile zu kontrollieren.

Die Fahrt war lustig wie immer, wenn die Mädchen nach den Ferien wieder zusammentrafen. Sie merkten kaum, wie die Zeit verging.

Fräulein Körner schaute herein:

„Die nächste Station ist Lindenhof. Sucht euer Gepäck zusammen!“

In größter Aufregung wurde gepackt, was an Leckereien herumlag. Mäntel, Mützen und Stiefel wurden angezogen. Dann hielten alle Ausschau nach dem schönen weiten Schulgebäude mit den beiden Türmen an den Seiten. Tief verschneit waren die Wege. Am Berghang hinter der Schule war noch keine Ski- und keine Schlittenspur zu sehen. Das würde sich bald ändern, wenn sie wieder einzogen!

Am Bahnhof stand der Schulbus, und nach kurzer Zeit rollten sie auf der breiten Straße Lindenhof zu.

Dort warteten schon jene, die mit einem früheren Zug oder mit Autos gekommen waren. Jubelnd begrüßten sich alle. Die Hausmutter stand im Vorraum und hieß die Mädchen herzlich willkommen.

Hanni und Nanni stürmten durch die Flure zu ihrem Zimmer. Das war warm und gemütlich. Aber es sollte nun noch viel hübscher werden! Während der Ferien hatten sie viele Pläne geschmiedet, was sie noch besser einrichten könnten. Todschick wollten sie es haben!

„Soll unser Zimmer Klublokal werden?“ fragte Nanni plötzlich.

Hanni überlegte. „Daran habe ich noch gar nicht gedacht“, meinte sie schließlich. „Aber eigentlich bin ich dagegen. Es soll doch eine geheime Sache bleiben. Zu uns kommen die anderen oft. Dann kann es leicht einmal geschehen, daß jemand unerwünscht in eine Sitzung hereinplatzt.“

„Aber die Vorbesprechungen können wir zunächst hier halten.“

„Sicherlich. Nur vorläufig überhaupt nicht. Wir beide müssen vorher noch viel ausbrüten.“

Wie immer nach den Ferien war die erste Mahlzeit wieder das reinste Festessen. Die Direktorin, Fräulein Theobald, begrüßte ihre Schülerinnen, wünschte allen ein gutes neues Jahr und meinte außerdem: „Ich hoffe, ihr werdet überall weiter da tüchtig sein, wo ihr es schon wart, und euch da anstrengen, wo es bisher noch haperte."

Die übrigen Lehrerinnen waren ebenfalls bei der Abendtafel erschienen.

Am meisten strahlte die Französischlehrerin. „Mamsell", riefen die Mädchen fröhlich, als sie sie sahen, und streckten ihr die Hände zur Begrüßung hin. Es klang respektlos, war es aber nicht. Im Gegenteil: Mamsell war die beliebteste Lehrerin, obwohl sie ganz furchtbar schelten konnte.

Natürlich setzte sie sich an den Tisch der Sullivan-Zwillinge. Denn dort saß auch Claudine, die Französin Claudine, der trotz aller Frechheit niemand lange böse sein konnte. Claudine war Mamsells Nichte und wurde von ihr heiß geliebt, versuchte aber immer, den Zärtlichkeiten ihrer Tante zu entwischen.

„Mes petites, da seid ihr wieder", begrüßte Mamsell die Mädchen. „Waren die Weihnachtsferien schön? Und Claudine, habt ihr viel gefeiert? Wo steckt denn meine kleine Antoinette?"

Ja — Antoinette, Claudines jüngere Schwester! Sie war noch unternehmungslustiger und unerschrockener als Claudine, aber auch viel durchtriebener, wenn es galt, der Tante aus dem Weg zu gehen.

„Sie sitzt drüben bei ihrer Klasse", sagte Claudine. „Sie hat dich gewiß schon lange gesucht."

Die übrigen Mädchen kicherten. Mamsell merkte das nicht und wollte sofort hinüber, um Antoinette in die Arme zu schließen. Doch während des Abendessens konnte sie nicht gut vom Tisch aufstehen. Welch böses Beispiel hätte sie ihren Schülerinnen damit gegeben! Später jedoch, als Mamsell sich umdrehte, war Antoinette längst draußen. Sie hatte ihre Freundinnen als Rückendeckung benutzt.

„Tantchen ist morgen auch noch da und freut sich über die liebe kleine Nichte“, erklärte sie lachend.

„Neue gibt es nicht?“ fragte Jenni unterdessen.

„So mitten im Schuljahr kaum“, antwortete Hilda, die es als Klassensprecherin wissen mußte. „Bist du mit uns nicht zufrieden?“

„Doch, doch, mir reicht es“, versicherte Jenni und zeigte ihr die Zungenspitze.

Ja, da saßen sie alle wieder: Hannis und Nannis Kusine Elli mit ihrem niedlichen, leeren Puppengesicht, Doris, die großartig schauspielern und andere Menschen nachmachen, aber so schwer die Schulaufgaben lernen konnte, die allzeit hungrige, fette Elma, der sie doch ein bißchen freundlicher entgegenkommen wollten, weil ihre Gefräßigkeit krankhaft war, und ihre Zimmergenossin Bettina, die viel netter geworden war als im Anfang. Da waren die beiden Sportleiterinnen Marianne und Carla, der Irrwisch Carlotta, die liebe, aufrichtige Bobby, die immer schicke Angela, die so gern mit ihrem reichen Vater und ihrer schönen Mutter angab; auch die beiden Künstlerinnen: Anneliese, die Dichterin, und die musikalische Beate. Und da war schließlich die grundgescheite Petra, die Klassenbeste, die sich ausgerechnet mit der schlechtesten Schülerin, mit Doris, angefreundet hatte . . . alle, alle waren sie wieder erschienen, nickten, schwatzten, lachten . . .

„Setzen wir uns noch ein bißchen zusammen?“ fragte Hilda nach dem Abendessen. „Wir können ja in den Gemeinschaftsraum gehen.“

Aber es wurde nicht viel daraus. Die meisten waren müde von der Fahrt. Außerdem hatten sie noch längst nicht die Koffer fertig ausgepackt. Am nächsten Morgen war sicherlich keine Zeit mehr dafür, das wußte jede.

So hatten die Zwillinge Zeit genug, von ihrem künftigen Klub zu reden.

„Mit wem sprechen wir zuerst?“ fing Nanni an. Fast schien es, als hätte *sie* den Einfall mit dem Klub gehabt und nicht ihre Schwester, so eifrig war sie dabei.

„Vor allem mit Bobby“, meinte Hanni. „Sie ist unbedingt verläßlich. Außerdem hat sie immer großartige Ideen.“

„Weißt du schon einen Klubnamen?“

„Ach, darüber habe ich mir redlich den Kopf zerbrochen“, klagte Hanni. „Manchmal dachte ich: Jetzt habe ich es getroffen! Dann war es wieder nichts. Ich meine, wir müssen uns zunächst mal einig sein, was wir im Klub tun wollen.“

„Und an was hast du dabei gedacht?“

„Wir können Theater spielen.“

„Hm.“

„Wir können auch helfen, wenn jemand Hilfe braucht.“

„Hm.“

„Was Besseres als ‚hm‘ fällt dir wohl nicht ein?“ Hanni war gereizt. „Ich zerbreche mir den Kopf, und das gnädige Fräulein sagt bloß ‚hm‘.“

„Ja, weißt du, es ist nichts Besonderes, was du vorschlägst“, meinte Nanni. „Theater gespielt haben wir sonst auch. Und wir haben eigentlich immer geholfen, wenn eine in der Patsche saß. Denk doch an Carla, als ihre Mutter krank war, oder früher an Margret . . . na, du weißt das alles selber.“

„Aber was bleibt sonst? Sollen wir die Idee mit dem Klub aufgeben?“

„Nun sei doch nicht gleich so empfindlich“, versuchte Nanni die Schwester zu besänftigen. „Es muß doch noch eine andere Aufgabe für einen Klub geben.“

„Weißt du etwas?“

„Vielleicht Detektivarbeit“, sagte Nanni langsam.

Hanni horchte auf. Das klang interessant. „Aber so viel passiert in Lindenhof nicht, daß wir immer etwas aufzudecken haben.“

„So meine ich es nicht“, sagte Nanni. „Man kann vielleicht versuchen, über Detektivarbeit etwas zu lernen. Wie man einen Verbrecher stellt. Oder auch, daß man niemals einen Menschen gleich zu Unrecht verdächtigen darf ... Weißt du noch, wie Mamsell vor ein paar Wochen Detektiv spielte und angeblich vier Einbrecher zur Strecke brachte? Siehst du, so etwas darf einem nicht passieren. Deshalb können wir überlegen, was man tun muß.“

„Es ist ja auch schon ein paar Mal Geld weggekommen ...“

„So etwas meine ich“, sagte Nanni. „Wir müssen wissen, wie man Dieben auf die Schliche kommt.“

„Und was können wir noch tun?“

„Ach, wir finden bestimmt noch eine ganze Menge heraus. Aber wir müssen uns endlich einen Namen überlegen. Und Kennzeichen.“

Eine Weile überlegten die Zwillinge schweigend. Dann hob Hanni den Kopf.

„Morgen abend laden wir Bobby und Carlotta ein. Zu viert kommen wir bestimmt auf bessere Ideen.“

„Gut“, sagte Nanni. „Dann gehen wir endlich zu Bett. Ich bin schrecklich müde.“

Doch eine Neue!

Am nächsten Morgen gab es eine Überraschung. Es war doch eine Neue gekommen! Die ganze Klasse starrte das dunkelhaarige Mädchen an, das zusammen mit Fräulein Körner in das Klassenzimmer trat.

„Hier stelle ich euch Gina Garibaldi vor“, sagte die Lehrerin. „Ihr hört schon am Namen, daß sie Italienerin ist. Ihre Mutter stammt allerdings von hier. Ihr wundert euch, daß ausgerechnet jetzt eine Neue zu uns kommt, nicht wahr? Ginas Vater arbeitet in Afrika. Deshalb war ihre Mutter für die nächsten Jahre in ihre Heimat zurückgekehrt. Jetzt ist Herr Garibaldi plötzlich krank geworden, und seine Frau mußte Hals über Kopf zu ihm reisen. Darum bleibt Gina einstweilen bei uns. Ihr müßt ihr helfen, sie spricht nicht perfekt Deutsch."

„Wenigstens wird Elli sich nicht gleich auf Gina stürzen", sagte Hanni leise zur Schwester. „Dafür ist sie nicht schick genug."

Jenni, die hinter den Zwillingen saß, kicherte. Alle kannten Elli: Wenn eine Neue nur ein bißchen apart aussah, belegte Elli sie mit Beschlag, schwärmte sie an und machte ihr alles nach. Wie oft hatten sie das schon erlebt und sich jedes Mal königlich amüsiert!

Dafür ging Hilda in der Pause zu der kleinen Italienerin und sagte: „Erzähle, woher du kommst!"

„Aus Florenz!"

Florenz! Von so weit her! Und nun ganz allein hier im Norden! Arme Gina, sie mußte sich sehr verlassen fühlen. Sie schien recht schüchtern zu sein, redete wenig und hielt sich abseits.

„Eigentlich habe ich mir eine Italienerin immer ganz anders vorgestellt", meinte Anneliese mittags, als sie nach dem Essen mit Marianne und Carla gemütlich über den Hof bummelte.

Carla nickte. „Viel lebhafter, nicht wahr?"

Marianne ergänzte: „Glutäugig und leidenschaftlich."

„Besonders sportlich sieht sie mir übrigens nicht aus", meinte Marianne. „Ihre Haltung ist ziemlich schlecht. Aber wenn wir schon vom Sport sprechen: ich finde, wir sollten Ski laufen und Schlitten fahren."

„O ja, Mutter hat mir zu Weihnachten wirklich Skier geschenkt", rief Carla. „Hast du in den Ferien die Prüfung als Skilehrerin machen können, Marianne? Das wolltest du doch."

„Na, Skilehrerin – das klingt ein bißchen hochgestochen. Ski-Ausbilderin heißt es in dem Schein, den mir der Vorstand vom Skiklub zu Hause übergab. Sehr gnädig machte er es. Dabei mußte ich wirklich viel üben mit den Jungen und Mädchen, die sich zu einem Kurs gemeldet hatten. Die mündliche Prüfung war auch nicht von Pappe."

Anneliese lauschte erstaunt. „Du willst uns also wirklich das Skilaufen beibringen?" fragte sie. „Und ich dachte schon, ich hätte meine Sachen umsonst mitgebracht."

„Wir müssen einen Anschlag am Schwarzen Brett machen, Carla", sagte Marianne. „Heute abend sollen sich alle melden, die an einem Kurs teilnehmen wollen. Morgen mittag fange ich an."

Die Hausmutter stand am andern Tag in der Hoftür, als die künftigen Meisterläuferinnen loszogen.

„Eines sage ich euch", rief sie ihnen nach, „brecht euch nicht die Beine! Vom Arzt bekommt ihr dann einen Gips, aber von mir kriegt ihr Medizin!"

Da schüttelten sich alle. Die Medizin der Hausmutter kannten sie: eine gallenbittere braune Flüssigkeit, die löffelweise geschluckt werden mußte. Die Hausmutter hatte sie bei jeder Gelegenheit zur Hand und gab keinen Pardon: geschluckt mußte werden!

„Aber Hausmutter", rief Elli naseweis, „die Medizin nützt doch den Beinen nichts."

„Hast du eine Ahnung, du Kindskopf! Und *ob* sie nützt!"

Das tat sie auch wirklich: Schon der Gedanke daran bewirkte, daß die Mädchen vorsichtig fuhren. Nur nicht ins Krankenzimmer zur Hausmutter und ihrer großen Medizinflasche!

Marianne war in ihrem Element. Sie freute sich, als am Abend alle Anfänger einigermaßen sicher auf den Brettern standen. Und die „Fortgeschrittenen", wie sie den anderen Haufen nannte, holten sich bei ihr Ratschläge oder baten um ihr Urteil.

Als die Abenddämmerung kam, war das ganze Gelände rings um das Schulgebäude von unzähligen Spuren durchzogen. Die Skiläuferinnen brachten gehörigen Appetit mit heim. Müde waren sie auch — keine Rede von einer Besprechung im Zimmer der Zwillinge!

Dann aber klappte es! Carlotta erschien zuerst.

„Was habt ihr vor?“ fragte sie, als sie kaum die Tür geöffnet hatte. „Eine wichtige Besprechung“, sagte Nanni.

„Kommen noch andere?“

„Nur Bobby“, sagte Hanni. „Sie muß gleich hier sein.“

Da klopfte es schon. Bobby schoß herein.

„Bin ich gespannt!“ rief sie. „Nach Nannis geheimnisvoller Einladung ist das kein Wunder.“

„Also hört“, fing Hanni an. „Am letzten Tag zu Hause ist mir etwas eingefallen. Wir sollten in Lindenhof einen Klub gründen. Nur wenige dürfen ihm beitreten. Wir wollen ihm einen bestimmten Zweck geben und danach auch einen Namen. Ihr sollt die ersten Mitglieder sein.“

Verblüfft hörten Bobby und Carlotta zu.

„Und an was für einen Zweck habt ihr gedacht?“ fragte Carlotta schließlich. „Wir könnten zum Beispiel reiten. Ich bringe es euch bei. Vielleicht auch allerlei Kunststücke. Dann wird es ein Artisten-Klub.“

„Das klingt gar nicht übel“, sagte Hanni. An solch eine Möglichkeit hatten die Zwillinge überhaupt noch nicht gedacht. Aber sie wollte auch von ihrem eigenen Plan berichten:

„Nanni schlägt vor, alles mögliche über Detektivarbeit zu lernen und das natürlich auch auszuprobieren, wenn sich die Gelegenheit ergibt.“

„Außerdem und auf alle Fälle müssen wir besonders gut zusammenhalten und auch zur Stelle sein, wenn jemand Beistand oder Hilfe braucht“, ergänzte Nanni.

Bobby hielt es nicht mehr aus. Sie sprang auf und rannte durch das Zimmer – vor lauter Begeisterung, wie sich gleich herausstellte.

„Eine prima, prima Idee", rief sie. „Das hätte uns schon längst einfallen können. Stellt euch vor, welchen Spaß wir haben werden."

„Also los!" sagte Carlotta. „Gründen wir den Klub der . . . der . . . ja, habt ihr schon einen Namen?"

„Eben nicht. Wir suchen schon lange nach einem passenden Namen", bekannte Hanni kleinlaut.

„Klub der Spürnasen", schlug Carlotta vor.

Die anderen sahen sich an. Das klang nicht schlecht! Sie beschlossen, es erst einmal dabei zu lassen, bis jemand einen noch besseren Einfall hatte.

„Und wen nehmen wir auf?" fragte Nanni.

„Hilda."

„Ja, unbedingt." Alle waren damit einverstanden.

„Vielleicht auch Marianne."

Aber Bobby und Nanni waren dagegen. „Die hat das Sportfieber schon wieder gepackt. Und wenn bei ihr mal was schiefgeht — gerade beim Skifahren kann das leicht passieren –, dann muß der Klub ran und ihr helfen. Nein, Kinder, laßt Marianne turnen. Wir wollen auch kein Sportklub sein."

Carlotta lachte. „Neuerdings ist sie ja netter zu mir. Aber bei Marianne weiß man nicht, wie lange das anhält. Ich bin deshalb auch dagegen."

„Dann können wir Carla ebenfalls nicht aufnehmen. Die zwei kleben ja zusammen wie die beiden Teile eines Druckknopfs."

„Aber Claudine!"

Die unverwüstliche Claudine, die es fertigbrachte, alles Unangenehme wegzuschieben, und die trotz ihrer Schwindeleien und Frechheiten unwiderstehlich war – ja, warum sollten sie Claudine nicht aufnehmen?

„Abgemacht, Claudine gehört in den Klub."

„Jenni?"

„Wir müssen Jenni aufnehmen", sagte Bobby. „Schließlich gehört sie schon lange zu unseren besten Freundinnen."

„Gut!“ Hanni nickte. „Aber damit ist vorläufig Schluß.“

„Und eure Kusine Elli?“ fragte Carlotta und zwinkerte vergnügt.

„Hör bloß auf“, antwortete Nanni lachend. „Dann werden wir ein Gänseklub.“

„Da brauchen wir uns wenigstens keine Gedanken um ein Klubabzeichen zu machen“, meinte Bobby trocken. „Gänsefeder genügt.“

„Richtig, ein Abzeichen brauchen wir“, meinte Carlotta.

„Ja, und ein Klubheim oder wenigstens einen ständigen Treffpunkt“, ergänzte Hanni. „Aber ich finde, da können sich auch die anderen den Kopf zerbrechen, wenn alle Mitglieder beisammen sind. Morgen fragen wir sie. Seid ihr einverstanden?“

„Einverstanden“, antworteten die drei anderen, und sie schlossen diese erste Sitzung des Klubs, der einstweilen Spürnasen-Klub genannt wurde.

Als die Zwillinge schon im Bett lagen, fing Nanni noch einmal zu reden an.

„Ich schlage vor, wir laden die anderen alle zu einer Nachtsitzung in unser Zimmer ein. Punkt zehn, würde ich sagen, da ist alles still. Ich glaube, Mamsell hat jetzt die Abendaufsicht, nicht wahr? Sie geht gern beizeiten schlafen.“

Diesmal überbrachte Hanni die Einladungen. Alle sagten zu. Die Zwillinge bereiteten ihr Zimmer für die Nachtsitzung großartig vor: Sie suchten dunkle Tücher heraus, um sie vor die Fenster zu hängen, damit ja kein Lichtstrahl nach außen dringen konnte. Sieben Kerzen wollten sie auf den Tisch stellen. Das war feierlicher als elektrisches Licht.

„Wir brauchen noch irgend etwas Besonderes für die Gründungsfeier“, meinte Hanni. „Ich weiß nicht, was. Aber irgend etwas fehlt.“

Mamsell am Skihang

Der nächste Tag brachte eine Riesenaufregung.

Mamsell hatte morgens in ihrem Unterricht noch gesagt: „Ihr müßt viel lernen. Wir schreiben bald eine große Arbeit. Attention, mes petites, attention! Und geht nicht zuviel in den Schnee hinaus mit diesen fürchterlichen langen Dingern. Claudine, ma chère, tust du auch mit bei diesem schrecklichen Sport?"

Die ganze Klasse lachte. Claudine hatte am Abend noch gesagt, als sie ihre Mitschülerinnen müde herumschleichen sah:

„Das fehlte gerade, daß ich mir diese gräßlichen Skier anschnalle! Wozu soll ich meine heilen Knochen riskieren? Und mir noch dazu einen Sonnenbrand holen?"

Ja, davor hatte Claudine die meiste Angst. Wenn sie eine Sommersprosse kriegte, dann konnte sie sich zu Hause ja gar nicht mehr sehen lassen, behauptete sie.

Aber nun, als ihre Tante sie vor der Klasse so ängstlich fragte, antwortete sie übermütig:

„Marianne leiht mir vielleicht ihre Skier. Ich selber habe keine, aber versuchen möchte ich es doch einmal."

„Oh, non, Claudine, tu es nicht", jammerte Mamsell sofort. „Ich vergehe vor Angst. Wenn du nun stürzt! Das ist nicht auszudenken. Nein, versprich mir, daß du es nicht versuchst!"

Das tat Claudine. Aber Mamsell traute dem Frieden nicht. Als nachmittags draußen ein fröhliches Leben mit Skiern und Rodelschlitten im Gang war, erschien sie urplötzlich im Gelände. Doch wie sah sie aus! Sie hatte sich dick eingemummelt mit Schals, Fausthandschuhen, einem Muff und einer gewaltigen Zipfelmütze. Dazu hatte sie irgendwo einen Skistock erwischt, auf den sie sich stützte.

Niemand erkannte sie zunächst. Die Mädchen sahen bloß eine unförmige Figur in Pelzstiefeln über den Hof stapfen, durch das Gartentor kommen und den Berg hinaufsteigen.

„Claudine", rief es aus der Vermummung, „bist du hier, ma chère Claudine?"

Sie stieg tapfer und mit lautem Keuchen den Abhang hinauf, sah nicht auf die Gestalten, die rechts und links an

Alle vier kugelten abwärts

ihr vorbeisausten. „Claudine", rief sie immer wieder, „Claudine!" Und da geschah es!

Ein Mädchen – es war ausgerechnet die noch unsichere Anneliese – erkannte sie, fuhr zu ihr hin und schrie laut: „Mamsell!"

Da kam ein Schlitten angeschossen.

„Vorsicht, Bahn frei!" warnten die beiden, die darauf saßen. Aber Anneliese hörte es ebenso wenig wie Mamsell.

Der Schlitten war schon bei ihnen, warf sie um, die Rodlerinnen kippten herunter, und alle vier zusammen kugelten abwärts. Der Schlitten sauste allein weiter und brachte auch noch eine Skiläuferin zu Fall.

Mamsell schrie laut um Hilfe. Ein Mädchen jammerte. Hatte sie sich einen Arm gebrochen? Die andern stimmten in das Geschrei ein. Es war ein heilloses Durcheinander!

Marianne war als erste unten bei dem ganzen Haufen Unglück und setzte zu einer geharnischten Strafpredigt an. Da erkannte sie die Lehrerin, und das verschlug ihr die ganze schöne Rede.

Die einzige, die am schnellsten die Lage übersah und den Kopf oben behielt, war Hilda. Sie holte die Lehrerin aus dem Gewühl heraus und setzte sie auf den leeren Schlitten, den sie herangezogen hatte. Dann winkte sie Marianne zu: „Sieh nach, ob den anderen etwas passiert ist! – Hanni und Nanni, ihr lauft zur Hausmutter und zu Fräulein Theobald. Sagt Bescheid, daß die Hausmutter herkommt . . ."

„. . . und ihre Medizin nicht vergißt", hörte man eine naseweise Stimme.

„. . . und Verbandszeug mitbringt. Oder eine Lehrerin möchte uns helfen. — Mamsell, bitte, können Sie aufstehen?"

„Uff! Mein armer Kopf . . . und meine Hand . . ." Mamsell jammerte sehr. Doch sie konnte auftreten.

„So!" sagte Hilda, „jetzt versuchen Sie bitte, langsam zu gehen."

Mit vielen Ach! und Weh! setzte Mamsell Fuß vor Fuß. Dabei liefen ihr zwei dicke Tränen übers Gesicht.

„Ich wollte bloß nach Claudine sehen", versuchte sie Hilda zu erklären. „In ihrem Zimmer und anderswo fand ich sie nicht. Da dachte ich, sie wäre vielleicht doch hergegangen."

„Ach Mamsell, liebe Mamsell", sagte Hilda und nahm sich vor, der übermütigen Claudine gründlich den Kopf zu waschen. „Claudine ist ja viel zu ängstlich, um hier mitzutun. Sie sind rührend, Mamsell – liebe Mamsell", setzte sie noch einmal hinzu.

Dann kam Hilfe, und alle Opfer des Zusammenstoßes wurden versorgt. Mit dem Sport war es für diesen Tag aus, aber genauso mit allen anderen Unternehmungen.

Zum Glück war alles glimpflich verlaufen. Mamsells linke Hand war verstaucht, sonst bekam sie höchstens ein paar blaue Flecke. Am schlimmsten war der Schreck. Bald lag sie wohlversorgt in ihrem Zimmer.

Die mitgestürzten Mädchen hatten nur ein paar Prellungen und Risse in ihrer Haut und im Anzug.

Und Claudine? Sie mit ihrem Übermut hatte ja das ganze Unglück angestiftet. Nun, Claudine war an diesem Nachmittag ins Kino gegangen — ganz allein. Die anderen waren ja besessen vom Skilaufen. Heimlich war sie losgezogen, nicht einmal der Hausmutter hatte sie Bescheid gesagt, und das war gegen die Vorschrift. Vermutlich wäre ihr Ausflug aber gar nicht bekannt geworden. Nun kam durch den Unfall alles ans Licht.

Claudine war tief betroffen. Daß sie die Hausordnung übertreten hatte, machte ihr nichts aus. So etwas kam bei ihr öfter vor. Aber der Unfall ihrer Tante!

Sie stürzte sofort zu Mamsells Zimmer und klopfte an. Fräulein Theobald war gerade bei ihr und öffnete. Claudine prallte zurück. „Ich ... ich wollte sehen, wie es meiner Tante geht."

„Sie ist gerade eingeschlafen", sagte die Direktorin und zog vorsichtig die Tür hinter sich zu. „Die Hausmutter hat ihr etwas zur Beruhigung gegeben. Wir wollen sie schlafen lassen. Doch wo warst du, Claudine?"

Die sonst so kecke kleine Französin berichtete niedergeschlagen ihren Ausflug.

„Aber wie kam deine Tante auf den Gedanken, dich am Skihang zu suchen?"

Claudine wurde rot und beichtete nun, wie sie am Vormittag Mamsell geneckt hatte.

„So, und da hat sie dich vergeblich im Haus gesucht und ist aus lauter Sorge hinausgegangen. Weißt du eigentlich, mit welch rührender Liebe sie an dir hängt? Und dankst du es ihr auch?"

Nach einem kurzen Schweigen hob Claudine den Kopf. „Bis jetzt habe ich es nicht getan. Aber das heute vergesse ich bestimmt nie."

Unter Claudines ehrlich bekümmertem Blick schmolz das Herz der Direktorin.

„Dann wollen wir einen Strich unter alles ziehen, auch unter deinen heimlichen Kinobesuch. Ich sage der Hausmutter Bescheid."

„Danke, Fräulein Theobald." Erleichtert ging Claudine in ihr Zimmer.

Klubgründung

Natürlich kam Antoinette zu Claudine und fragte, wie das geschehen war. Und als die kleine Schwester bei aller ehrlichen Betrübnis über den Unfall der Tante doch kichern mußte, belebte sich auch Claudines Übermut wieder. Sie ging etwas getröstet zu den Zwillingen.

„Was habt ihr eigentlich vor? Über allen Aufregungen habe ich eure Einladung beinahe vergessen."

Hannis Gesicht klärte sich auf. Bis dahin hatte sie geradezu beleidigt ausgesehen. Die dauernden Störungen waren zu ärgerlich. Als wenn ihr Klub nicht zustande kommen sollte!

„Kommst du?" fragte sie hoffnungsvoll. „Und hast du eine Ahnung, was Hilda und Jenni heute noch vorhaben?"

„Aha, die sind also auch geladen!" stellte Claudine fest. „Warum sollten sie nicht erscheinen? Ich werde mich gleich erkundigen."

„Nett von dir", meinte Hanni. „Dann frage auch Bobby und Carlotta. Also um zehn. Sagst du uns noch einmal Bescheid?"

„Nur, wenn die anderen nicht kommen wollen. Kinder, war das eine Aufregung! ‚Einen kräftigen Schluck brauche ich jetzt', würde unser Papa sagen."

Sie huschte davon. Im Zimmer aber schlug Hanni mit einer Hand kräftig auf den Tisch.

„Ein Schluck!" rief sie. „Jetzt weiß ich, was fehlt! Wir brauchen einen Umtrunk."

Aber was für einen? Es war zu spät, um im Städtchen etwas zu holen. Eine Zitrone besaßen sie noch, Zucker auch. Fieberhaft stöberten sie in ihren Vorräten.

„Halt, der Hagebuttentee, den Mutti uns noch einpackte!" rief Nanni plötzlich. „Der ist kräftig, sieht schön aus und schmeckt gut. Wir tun Zitronensaft und Zucker hinein, da sollst du mal sehen, was für einen Punsch-Ersatz das gibt!"

Sie hatten einen kleinen elektrischen Kocher im Zimmer, damit sie sich nachmittags selber einmal Tee oder Kaffee aufbrühen konnten – ein Vorrecht der älteren Mädchen.

Hanni brachte eine der beiden gewaltigen bunten Suppentassen herbei, die ihnen eine Tante zu Weihnachten geschenkt hatte.

„Da hinein kommt der Tee. Wir lassen die Tasse dann kreisen. Das ist für eine Klubgründung feierlicher, als wenn jede immer ein bißchen aus ihrer Tasse nippt."

Beim Abendessen nickten die Freundinnen den Zwillingen zu.

„Alles o.k.", sagte Claudine obendrein.

Hanni und Nanni beeilten sich mit den restlichen Schulaufgaben, die an diesem aufregenden Nachmittag zu kurz gekommen waren. Dann trafen sie ihre Vorbereitungen für die Sitzung. Kurz vor zehn zündeten sie die Kerzen an. Da klang schon das verabredete Klopfzeichen: dreimal kurz, dreimal lang.

Hanni öffnete leise. Die fünf Freundinnen standen vor der Tür.

„Ich bin gespannt wie ein Regenschirm", sagte Jenni. „Was bedeutet das alles?"

Hanni stand mitten im Zimmer.

„Wir wollen euch einladen, mit uns zusammen einen Klub zu gründen. Alles Nähere erzählen wir euch später. Habt ihr Lust?"

„Und ob!"

„Großartig."

„Eine prima Idee!"

„So wollen wir uns zuerst einmal feierlich versprechen, daß wir zusammenhalten und anderen gegenüber nichts von unserem Klub verraten wollen. Nanni, gieß unseren Punsch ein, ehrlich gesagt: 's ist nur ein Punsch-Ersatz."

Zweimal kreiste die große Tasse, dann war sie leer. Die Mädchen suchten sich jede einen Sitzplatz, und nun berichteten die Zwillinge abwechselnd, was sie sich ausgedacht hatten.

Die drei von den Freundinnen, die bisher noch nicht Bescheid wußten, waren sehr einverstanden. Lange blieben sie dieses erste Mal nicht beisammen. Sie leerten die Tasse ein zweites Mal, dann war der Vorrat zu Ende, und die fünf Gäste verabschiedeten sich.

Arme Gina!

Mamsell überstand ihr Abenteuer gut. Sie war glücklich, wenn ihre beiden Nichten sie besuchten. Auch andere Mädchen schauten herein, sobald die Hausmutter es erlaubte.

Claudine war immer noch zerknirscht, wenn sie die Tante so liegen sah. Aber ihre Tante tröstete sie.

„Weißt du, ich war ein bißchen neugierig auf das Skilaufen", behauptete sie sogar. „Mußte ich denn hinaus zum Hang?"

Und plötzlich fing sie an, herzlich zu lachen. „Muß das komisch gewesen sein, wie ich da hinabgekugelt bin! Mon dieu, warum hat das keiner geknipst? Ich möchte solch ein Bild sehen."

Echt Mamsell: Sie konnte über sich selbst am besten lachen und tat es meistens auch. „Das müßt ihr spielen, wenn ein Klassenabend ist", sagte sie. „Doris muß es spielen."

*

Für die junge Italienerin Gina war es schwer, in die Gemeinschaft hineinzukommen. Hilda hatte sie ein paar Mal eingeladen, bei einem Spiel mitzumachen. Doch an solche Spiele war Gina nicht gewöhnt. Und sie war empfindlich, sie konnte nicht lachen, wenn sie bei einem Würfelspiel von ihrem Platz verjagt wurde und verlor.

Außerdem war ihre Mutter in solcher Hast nach Afrika aufgebrochen, daß sie für Gina wenig vorbereitet hatte.

„Gina, da ist ein Riß in deiner bunten Bluse", sagte Carla einmal in bester Absicht zu ihr.

„Geht es dich etwas an?" fauchte Gina zurück, daß die ahnungslose Carla betroffen wegging.

Gina fühlte sich zurückgesetzt gegen die anderen, die sorglos jeden Tag einen anderen Pulli oder eine saubere Bluse hervorholten. Daß sie ihre Kleider selber wuschen und pflegten, wie es in Lindenhof üblich war, beachtete Gina nicht. Sie zog sich immer mehr zurück und bekam einen verkniffenen Zug um den Mund.

Als Hilda sie wieder einmal aufforderte, mit ihr und zwei anderen „Mensch ärgere dich nicht" zu spielen, drehte sie ihr den Rücken zu und knurrte: „Laß mich in Frieden."

Gina verwechselte Schlüssel und Bücher, sie brachte Wäsche und Schuhe durcheinander, richtete Bestellungen falsch aus und stiftete so mancherlei Verwirrung. Das lag freilich nicht nur an den fehlenden Sprachkenntnissen, sondern an ihrer Verträumtheit. Immer wirkte sie wie abwesend mit ihren Gedanken. Sie schrieb ellenlange Briefe, sobald sie freie Zeit hatte. Die Ursache war – Heimweh.

„Deshalb könnte sie sich ruhig ein bißchen zusammennehmen und brauchte nicht mit solcher sauertöpfischen Miene herumzulaufen", nörgelte Angela.

Carla widersprach. „Ich weiß, wie es ist, wenn man sich allein fühlt und noch dazu um einen anderen sorgen muß wie Gina um ihren Vater", sagte sie.

„Und vergeßt nicht, wie furchtbar weit weg Ginas Eltern sind", erinnerte Petra.

„Na, übertreib nicht, Petra“, sagte Angela wieder. „Wenn ich etwas älter bin, gehen wir im Urlaub auf Safari nach Afrika. Das hat mein Vater uns versprochen.“

„Natürlich, immer nobel! Und teuer dazu“, knurrte Bobby vor sich hin.

Aber Anneliese schwärmte: „Muß das toll sein, Orchideen im Urwald zu sehen und Kolibris und die Tiere auf freier Wildbahn ...“

„Stoff für viele Gedichte“, neckte Nanni die Dichterin.

Doch mit Gina blieb es fast ein Trauerspiel. Wohl hatte besonders Hilda sich redliche Mühe gegeben, Gina in den Kreis der übrigen Schülerinnen zu ziehen, wohl erinnerte immer wieder eine der Lehrerinnen daran, daß sie sich der Neuen annehmen sollten — die kleine Italienerin wurde immer einsamer und verschlossener.

Der Klub tagt

Die erste richtige Klubsitzung war auf den nächsten Mittwoch festgesetzt. Diesmal ging es weniger feierlich zu. Die Mädchen hatten sich für halb neun im Zimmer der Zwillinge verabredet.

„Dann wird es doch hoffentlich niemandem einfallen, uns noch zu besuchen“, meinte Nanni. „Und wir haben eine gute halbe Stunde für uns.“

Es war in der Hausordnung festgesetzt, daß die älteren Mädchen, die ja zu zweit in einem Zimmer wohnten, stets gegen neun mit Besuchen, Lesen oder Spielen Schluß machten. Um halb zehn sollten sie im Bett liegen.

„Vorläufig müssen wir in unserem Zimmer tagen“, sagte Hanni. „Doch so bald wie möglich suchen wir uns einen Klubraum.“

Dieses Mal standen Klubname und Abzeichen zur Debatte. Es war ja immer noch der „Klub der Spürnasen“.

Hilda war gegen diesen Namen. „Ich glaube, daß wir nicht bloß Detektiv spielen werden. Carlottas Vorschlag, auch Kunststücke einzuüben, ist gar nicht verkehrt. Aber mit Spürnasen hat er nichts zu tun. Wir müssen einen Namen finden, der lustig klingt. Wie wäre es mit Finken? Oder Käfer?"

„Hm", sagte Nanni, sah zu Hanni hinüber und lachte.

„Meine liebe Schwester pflegt immer ‚hm' zu sagen", erklärte Hanni den anderen, „wenn sie mit einer Sache nicht einverstanden ist, selber aber nichts Besseres weiß."

„Wie wäre es mit ‚Muschelklub'?" fragte Hilda. „Muscheln haben etwas Geheimnisvolles. Und das Abzeichen steht dann auch fest."

„Hm", sagten Hanni und Nanni gemeinsam.

„Distelklub", das war Bobbys Vorschlag.

Und nun hagelte es von allen Seiten Namen:

„Eulenspiegel", „Igel", „Künstlerklub", „Sperlinge", „Mäuse", „Klub Lindenhof", „Lachtauben", „Klub der Sieben" – so klang es hintereinander und durcheinander. Und wenn eine etwas sagte, riefen gewöhnlich ein paar andere lachend im Chor: „Hm".

Nur Claudine fiel kein Name ein.

Es ging nicht bloß sehr munter, sondern auch recht laut zu. Deshalb mahnte ausgerechnet Claudine plötzlich: „Ihr schreit durcheinander wie die Spatzen auf dem Dach."

„SPATZEN!" rief da Carlotta und fuchtelte mit den Armen in der Luft herum. „Kinder, das ist's! Spatzenklub wollen wir uns nennen. Das klingt lustig. Meint ihr nicht?"

So fand Claudine, die sich mit keinem einzigen Vorschlag beteiligt hatte, den Namen für den Klub.

„Und als Abzeichen nehmen wir ein Bild von dem frechen kleinen Spatzen, der im Fernsehen immer kommt", sagte Bobby. „Den können wir uns leicht aus einer Zeitschrift abzeichnen."

Das war ein erfolgreicher Abend! Die sieben Spatzen gingen hochbefriedigt auseinander.

Die Spatzen hatten einen gemeinsamen Besuch der nahen kleinen Stadt verabredet.

„Dort können wir in der Konditorei eine Sitzung abhalten“, meinte Jenni, und die anderen lobten sie sehr für diesen Gedanken.

„Du kannst also doch mehr erfinden als dumme Streiche“, sagte Bobby. „Aber trotzdem meine ich, daß du auch da deinen Kopf wieder ein bißchen anstrengen dürftest.“

„Über Schulstreiche sind wir eigentlich schon hinaus“, sagte Hilda.

Aber Bobby widersprach ihr: „Es kommt auf die Streiche an. Natürlich können wir nicht mehr Käfer in Mamsells Brillenetui stecken oder komische graue Blasen an der Decke zum Zerplatzen bringen. Laß dir ruhig mal wieder etwas einfallen, Jenni. Oder frag deinen Bruder um Rat.“

In der Konditorei tagten sie also. Sie beschlossen, ein Klubtagebuch anzulegen, in das alle Ereignisse eingeschrieben wurden. Nanni wurde feierlich beauftragt, dieses Tagebuch zu führen. Jenni sollte ihr helfen.

„Nun brauchen wir aber auch einen Kassenwart“, fand Hilda. „Denn einen kleinen Beitrag muß jede zahlen, damit wir immer Geld zu Anschaffungen haben, z. B. gleich für das Tagebuch.“

„Du hast recht, Hilda“, sagten die andern und waren sich sofort einig, daß Hilda dieses Amt übernehmen sollte.

„Gut! Dann kassiere ich gleich. Ihr müßt euch vorstellen, daß ihr ein zweites Stück Torte essen möchtet. Statt es zu bestellen, zahlt ihr in die Kasse.“

„Da haben wir uns die Richtige ausgesucht“, meinte Claudine lachend. „Hilda ist ein Steuermann.“

„Du meinst: ein Steuerbeamter.“ Jenni grinste übers ganze Gesicht. Es kam nicht oft vor, daß Claudine solche Sprachschnitzer machte. Tat sie es aber, war es bestimmt ein richtiger Spaß! „Einen Steuermann gibt es auf Schiffen.“

Das Tagebuch wurde gekauft. Hilda sorgte dafür, daß es nur ein einfaches dickes Heft wurde mit einem festen Deckel und kein großartiger Leinenband.

Italiener müßte man sein!

Ehe sie an die große Kurve hinter einem Tannenwald kamen, hörten sie laute Stimmen auf der Straße. Was war da los? Sie gingen schneller und sahen eine merkwürdige Szene:

Da hing ein großer, eleganter Personenwagen, ein richtiger Straßenkreuzer, halb im Graben. Er war durch den matschigen Schnee wohl ins Rutschen geraten. Der Fahrer versuchte mit allen Kräften, ihn wieder auf die Straße zu schieben. Dabei schimpfte er unentwegt in einer fremden Sprache. Ihm half eine Dame im Pelzmantel, dessen Ärmel sie aufgekrempelt hatte, so gut es ging.

„Na, das schaffen die zwei doch im Leben nicht", rief Hanni. „Los, wir helfen!"

Der Fahrer begrüßte sie mit einer Flut von Worten, die sie nicht verstanden. Und auch die Dame konnte sich nicht verständlich machen. Nur „Grazie, mille grazie!" verstanden sie. „Danke", hieß das, „tausend Dank". Die beiden waren also Italiener.

Daß die Mädchen helfen wollten, begriff der Fahrer sofort und zeigte ihnen, wo sie zupacken mußten. Carlotta kommandierte: „Hau ruck!" und gemeinsam stemmten sie sich gegen das Auto.

Der Fahrer lachte: „Bene, bene!" rief er, als es tatsächlich ein winziges Stück aufwärts ging. Und nun rief er mit Carlotta um die Wette: „'au ruck! 'au ruck!" Denn die Italiener sprechen ja kein h. Seine Lederjacke warf er auf die Kühlerhaube, Bobbys Windjacke flog hinterher, und weiter ging es mit „Hau ruck – 'au ruck!"

Nach einer Viertelstunde standen drei Räder auf der Straße, das vierte hing in der Luft. Aber nun war es leichter. Einen Augenblick verschnauften alle, während der Fahrer sich gegen das schwebende Rad stemmte. Dann probierten sie es ein letztes Mal. Die Dame hatte sich ans Steuer gesetzt und ließ den Motor an. Noch ein Ruck ... der Wagen stand mit allen vier Rädern auf der Straße!

Das war geschafft. Trotzdem konnten die Italiener nicht weiterfahren. Es war ein Leihwagen, den sie benutzten, und irgend etwas daran war entzwei. Der Fahrer holte den Werkzeugkasten heraus und versuchte, ihn zu öffnen. Doch er konnte die Gebrauchsanweisung nicht lesen. Die Mädchen begriffen gar nicht, warum er den Kasten so hilflos herumschwenkte und dabei wieder aus Leibeskräften schimpfte. Ratlos sahen sie ihn an, wenn er mit der Hand auf den Kasten schlug. Da nahte Hilfe.

„Gina!“ rief Carlotta plötzlich. „Du kommst wie gerufen! Schnell, sieh her“, und sie winkte heftig.

Zögernd kam Gina über die Straße. Sie war auch in der Stadt gewesen und natürlich mal wieder allein.

„Du mußt dolmetschen“, erklärte ihr Hilda. „Es sind Italiener, deine Landsleute!“

Da strahlte Gina. Im Nu verwandelte sich das schweigsame, verschlossene Mädchen in ein lebhaftes Geschöpf.

Die Dame war inzwischen wieder aus dem Auto gestiegen und redete auf Gina ein. Dann fragte sie, erklärte von neuem, und der Fahrer sprach auch dazwischen.

Die Klubmädchen staunten, wie lebhaft die stille Straße durch die drei Menschen plötzlich wurde. Gina drehte sich zu ihnen um und fragte nach dem Weg zur Hauptstraße. Dann übersetzte sie die Antwort den Italienern. Vor allem las sie dem Fahrer die Anweisungen auf dem Werkzeugkasten vor.

Na also! Jetzt klappte alles. Schnell hatte er den Wagen wieder flott. Die Dame schüttelte ihren guten Helferinnen die Hand. Sie nahm Gina in die Arme und fragte sie nach

Gina war glücklich, daß sie dolmetschen durfte

ihrem Namen und der Adresse. Dann stieg sie zum Fahrer, der schnell startete und zum Abschied einmal kräftig hupte.

Die acht Mädchen winkten dem Auto nach, bis es nicht mehr zu sehen war. Dann wanderten sie weiter nach Lindenhof. Gina in ihrer Mitte sah fröhlicher aus als je zuvor.

Beim Abendessen war ihre Begegnung das Hauptthema. Gina stand im Mittelpunkt. Und sie schilderten die Dame in ihrem kostbaren Pelz und das schöne Armband, das sie getragen hatte.

„Wißt ihr eigentlich, was das für Leute waren?“ fragte Elli, die von der eleganten Dame und ihrem Wagen mehr hören wollte.

„Nein, das konnte ich doch nicht fragen“, antwortete Gina.

Aber da mischte sich Elma ein: „Hoffentlich waren es keine Betrüger.“

„Wie kommst du darauf?“ fragte Carlotta entrüstet.

„Elma hat recht“, rief Angela vom anderen Tischende. „Bei Ausländern weiß man das nie so genau. Sie waren gut angezogen, sagt ihr. Aber was bedeutet das? Wer weiß, woher ihr Reichtum stammt?“

„Nun hört euch das an", platzte Bobby empört heraus. „Ausgerechnet du mußt so etwas sagen, Angela, wo du doch die reinste Modepuppe bist."

„Erlaube mal, mein Vater . . ."

„Ja, ja, bei dir ist der Reichtum echt und bei anderen Leuten ergaunert." Bobby nahm kein Blatt vor den Mund.

„Nur keinen Streit, Kinder", mahnte Mamsell, die am Nebentisch saß, und tatsächlich schwiegen die Kampfhähne.

Aber nach dem Essen fing der Zank von neuem an. Es bildeten sich zwei Gruppen. Die eine hielt es mit Gina und den Spatzen; die andere machte ihnen Vorwürfe, daß sie den Fremden überhaupt geholfen hatten.

„Und daß Gina ihnen auch noch unsere Adresse verraten hat, ist das Allerdümmste. Ihr werdet ja sehen, was nachkommt."

Gina war ganz bedrückt und fiel zurück in ihre alte abweisende Art. Schlimm war, daß ausgerechnet Angela, die Wortführerin ihrer Gruppe, am nächsten Tag eine Alarmnachricht von ihrer Mutter erhielt.

„Jetzt hört mal alle her!" rief sie der Klasse zu, als Fräulein Körner nach der ersten Stunde den Raum verlassen hatte. „Meine Mutter schreibt: Beinahe wäre gestern bei uns eingebrochen worden. Seit einiger Zeit treibt sich in unserer Gegend eine Bande herum, die schon verschiedene Diebereien auf dem Kerbholz hat. Zum Glück schlug der Hund im Nachbarhaus an, da sind sie geflohen, ehe sie noch etwas nehmen konnten."

Da half es wenig, daß Hilda ruhig fragte: „Was hat das alles mit unseren Italienern zu tun?" oder daß Marianne Angela einen Vogel zeigte – für Angela und ihre Anhänger stand es bombenfest: Die Italiener planten einen Einbruch in Lindenhof.

„Wir müssen Wachen aufstellen", fing Angela am Abend wieder an. Aber da wurde es den meisten zu bunt.

Elma gähnte laut: „Stell du dich doch vors Haus", und Anneliese, die Angelas Verdacht bisher geteilt hatte, weigerte sich energisch, aufzubleiben. Da ging schließlich auch Angela zu Bett, und sie schlief sogar wie ein Murmeltier.

Drei Tage lang sprach niemand mehr von der Sache. Dann brachte der Postbote einen dicken Brief an Gina Garibaldi.

Die italienische Dame hatte geschrieben! Sie war eine bekannte und sogar sehr berühmte Sängerin. Der Unfall, bei dem ihr die Mädchen geholfen hatten, wäre beinahe für einen wichtigen Termin gefährlich geworden. Nun bedankte sie sich herzlich bei Gina und den anderen.

Diesen Brief, der natürlich italienisch geschrieben war, übersetzte Gina. Und dann kam die große Überraschung:

„Zum Dank für Eure Hilfe", las Gina weiter, „die mir wirklich sehr wichtig war, lade ich Euch für die nächste Woche zu meinem Konzert in Neuenburg ein. Ich habe mir sagen lassen, daß die Stadt nicht allzu weit von Lindenhof entfernt und mit der Bahn zu erreichen ist. Schreibe mir, wie viele Karten ich reservieren soll. An Eure Schulleiterin schicke ich einen Brief mit, in dem ich sie um Urlaub für Euch bitte. Vielleicht hat sie Lust, Euch zu begleiten."

„Na also", sagte Bobby, als Gina den Brief zusammenfaltete, „solche Gauner!"

Schallendes Gelächter war die Antwort. Und dann brach ein gewaltiger Jubel los.

„Wir fahren natürlich alle", rief Jenni. „Ich meine uns, die wir beteiligt waren, nicht wahr?"

„Ob auch andere mitdürfen?" fragte Elli. Die Aussicht, einmal eine gefeierte Künstlerin begrüßen zu dürfen, reizte sie.

„Sicherlich können noch mehr mitfahren", meinte Hanni. „Ihr werdet nur eure Karten bezahlen müssen."

„Warten wir ab, was Fräulein Theobald sagt", schlug die immer besonnene Hilda vor.

*

Was Fräulein Theobald sagen würde, erfuhren sie an diesem Tage nicht mehr. Die Direktorin war zu einer Tagung gereist und wurde erst für den nächsten Nachmittag zurückerwartet. Doch als sie ihrer Klassenlehrerin und der Hausmutter von dem Brief berichteten, sahen sie Verständnis und Mitfreude in deren Gesichtern. Es würde schon nicht schiefgehen!

Angela aber lief mit einem bitterbösen Gesicht herum.

„Dir wäre gewiß ein schöner Einbruch lieber gewesen", spottete Claudine, die sich als Musikfreundin ganz besonders auf das Konzert freute.

„Ihr habt wohl alle euer Herz für die Kunst entdeckt", gab Angela genauso spöttisch zurück. „Da fühlt unsereins sich ja beinahe als Kultur-Banause."

„Ach, seit wann kennst du dich so genau?" fragte Claudine und lief schnell den Flur hinunter zu Mamsells Zimmer. Schließlich mußte sie der guten Tante doch von ihrem Glück berichten. Angela sah ihr wütend nach.

„Habt ihr beide – du und Jenni – eigentlich mit dem Tagebuch angefangen?" fragte Hanni die Schwester beim Schlafengehen.

„Natürlich! Was hast du denn gedacht? Es gibt doch schon eine Menge zu berichten."

„Dann ist es ja gut", meinte Hanni und zog sich die Decke über den Kopf. „Paßt bloß auf, daß ihr das Tagebuch nicht mal liegen laßt", rief sie unter der Decke hervor. „Es darf niemand anders drin lesen als wir sieben."

Der Klub bewährt sich

„Das ist die Lösung", jubelte die Klasse zwei Tage später, als Fräulein Theobald ihre Entscheidung bekanntgab. Sie erschien selber mit Fräulein Körner morgens in der ersten Stunde. Das war ihr Vorschlag:

Die ganze Klasse durfte zu dem Konzert fahren, selbstverständlich mit ein paar Lehrerinnen.

„Wahrscheinlich komme ich selber mit", sagte die Direktorin. „Ich möchte die Signora gern singen hören, besonders weil ich ein paar schöne Schallplatten mit Aufnahmen von ihr besitze."

„Du, die wünschen wir uns zum Geburtstag", sagte Hanni leise zur Schwester. „Jede wünscht sich eine."

Die Direktorin redete inzwischen weiter: „Ich denke, wir fahren nicht mit der Bahn, sondern nehmen den Schulbus. So kommen wir nach dem Konzert gut nach Hause, besonders wenn es ein bißchen spät werden sollte. Ihr seid ja fast erwachsen, und ich freue mich sehr, wenn ich meinen Großen so etwas Schönes bieten kann. Was die Karten kosten werden, weiß ich noch nicht, aber sie werden gewiß erschwinglich sein. Fahrtkosten entstehen euch nicht. Unsere acht Glückspilze haben obendrein auch das Konzert frei. Wer nicht mitfahren möchte, muß es sagen . . ."

Hier drehten sich viele nach Angela um, die knallrot wurde, sich aber nicht rührte.

„. . . dann werde ich dafür sorgen, daß sie in der Schule beschäftigt wird. Sagt mir bis heute nachmittag um drei Bescheid. Ich telefoniere dann mit der Sängerin und bestelle so viele Karten, wie wir brauchen."

„Was ziehen wir an?" Diese Frage war wichtig. Ein festliches Kleid mußte es sein, gewiß waren alle Konzertbesucher sehr gut angezogen.

„Arme Angela, sie kann ihre schönen Kleider nun gar nicht gebrauchen“, stichelte Bobby laut, als Angela in der Nähe stand. Die fiel auch prompt darauf herein.

„Und warum nicht?“ rief sie hinüber.

„Na, du hast doch gestern noch über uns gespottet, weil wir so gern ins Konzert fahren wollen. Dir war das doch zu albern. Sagtest du nicht so etwas Ähnliches?“

„Deswegen schließe ich mich noch lange nicht aus“, sagte Angela von oben herab. „Es gibt so etwas wie Kameradschaftsgeist – wenn du weißt, was das heißt, meine liebe Bobby.“

„Hört, hört!“ spotteten Carlotta und Jenni, weil es bei dieser Antwort selbst Bobby die Stimme verschlagen hatte.

Für eine war aber die Kleiderfrage ein schweres Problem: für Gina. Es fiel Hilda auf, wie still die Italienerin geworden war, seit die Frage „Was ziehen wir an?“ zum ersten Mal ausgesprochen wurde. Sie beschloß, Gina direkt zu fragen.

„Du freust dich gewiß auf ein Wiedersehen mit der Sängerin“, sagte sie und hakte Gina freundschaftlich unter. „Eigentlich müßten sich ja alle bei dir bedanken.“

„Hm ... ja ... ich weiß nicht, ob ich mich freue“, stotterte Gina schließlich.

„Aber weshalb denn nicht?“

„Ja weißt du ... es ist schwer zu erklären ... sieh mal, meine Mutter mußte so schnell zu meinem Vater reisen ...“ Sie schluckte schwer und sagte dann entschlossen: „Ich habe einfach kein Kleid für das Konzert.“

„Ach“ jetzt wußte auch Hilda nicht weiter. Aber sie dachte krampfhaft nach. „Habt ihr deine Sachen zu schnell zusammengepackt?“

Gina nickte.

„Zeigst du mir deine Kleider einmal?“ bat Hilda. „Es muß sich doch ein Ausweg finden.“

„Ich glaube nicht. Und bitte, Hilda, sag niemandem etwas davon.“

„Das kann ich dir nicht versprechen. Mit meinen Freundinnen rede ich. Aber nur mit ihnen. Und die verraten den anderen nichts."

Hilda schrieb auf sechs Zettel: „Wichtige Sache! Bitte eilige Klubsitzung!"

Hanni kam zu ihr und fragte nur: „Halb zwei auf unserem Zimmer?"

Hilda nickte. „Danke! Ich sage es den anderen."

Als sie alle bei den Zwillingen versammelt waren, berichtete Hilda kurz. Dann fuhr sie fort: „Ich finde, das ist eine Sache, die wir in Ordnung bringen müssen. Ihr wißt, daß Gina ihre Karte am allermeisten verdient hat. Und ihr habt auch erlebt, wie nett sie war, sobald sie einmal auftaute. Wir können ja gar nicht ohne sie hinfahren. Was würde die Signora sagen? Und wie sollen wir mit ihr sprechen?"

Die anderen sechs Spatzen nickten eifrig.

„Aber wir allein können ihr kein Kleid kaufen. Da muß die ganze Klasse helfen."

„Auf keinen Fall", widersprach Hilda sofort. „Ich habe Gina fest versprochen, daß ich nur mit euch darüber rede!"

Da schien guter Rat teuer. Sie konnten Gina ja auch keines von ihren Kleidern leihen. Erstens hätten das die anderen gemerkt, und zweitens hätte es Gina vielleicht verletzt.

Mit tiefen Falten in den Stirnen saßen alle sieben da. Dann rief Carlotta: „Ich weiß."

„Ja?" Fragend sahen die andern sie an.

„Meine Großmutter hat mir Weihnachten einen dunkelblauen Seidenrock geschenkt. Den kennt noch niemand. Todschick, doch viel zu elegant für mich. Ich bin gar nicht scharf drauf, ihn anzuziehen. Den bekommt Gina."

„Und eine Bluse?"

„Oh, die kriegt sie von mir", rief Claudine. „Eine funkelnagelneue – nicht wahr, so sagt man doch? Weiß mit Spitzenkragen. Auch ein Weihnachtsgeschenk."

„Brauchst du sie nicht selber?“

„*Mais non.* Ich habe genug. Und wenn nicht, dann gehe ich zu Tantchen, die schenkt mir bestimmt eine. Sie wird glücklich sein, ihrer lieben Nichte ein Geschenk machen zu können.“

„Du bist unverbesserlich, Claudine“, meinte Hilda und schüttelte lachend den Kopf. „Wißt ihr was? Carlotta und Claudine holen die Sachen. Paßt aber auf, daß es niemand merkt. Und ich suche unterdessen Gina und bringe sie her.“

Sie waren einverstanden. Hanni mahnte nur noch: „Aber vom Klub erwähnen wir nichts.“

Hilda fand Gina in ihrem Zimmer, das sie vorläufig allein bewohnte. Sie bat sie, mitzukommen, und verriet weiter nichts.

Carlotta und Claudine waren ebenfalls schon zurück.

„Weißt du, Gina“, fing Hilda an, „wir haben uns überlegt, daß wir dich in dem Konzert unbedingt dabei haben wollen. Wir waren doch zu acht bei unserem Abenteuer. Was würde die Signora sagen, wenn du nicht mitkämest. Nun sieh dir mal diese Sachen an!“ Carlotta und Claudine gaben ihr die Kleider. „Die bekommst du geschenkt. Oder geliehen, bis du – vielleicht nach den Ferien oder wenn deine Mutter wieder hier ist – selber ein Festkleid hast.“

Gina wollte abwehren. Ihre Augen standen voll Tränen.

„Red nicht“, sagte Bobby in ihrer barschen Art, „probiere lieber Rock und Bluse an.“

„Kinder, ist das nicht eine Wucht?“ Carlotta strahlte. „Es paßt! Süß siehst du aus, Gina.“

Nanni holte den Spiegel von der Wand und stellte ihn auf den Stuhl so zurecht, daß Gina sich gut darin betrachten konnte. Es waren wirklich keinerlei Änderungen nötig.

„Gefällt es dir?“ fragte Claudine.

Die Italienerin strahlte. Sie nestelte an ihrem Pulli, den sie ausgezogen und aufs Bett geworfen hatte. Darin steckte ein winziges Tuch, das Gina nun zwischen Rock und Bluse hielt.

Nanni stellte den Spiegel auf den Stuhl

„Ich habe noch ein anderes, ein viel schöneres“, sagte sie. „Das paßt besser.“

„Diese Italienerinnen haben ein unheimliches Geschick, sich flott anzuziehen, sagt meine Mutter immer“, erzählte Jenni später, als Gina nach vielen Dankeschöns und großem Händeschütteln gegangen war. „Sie können mit einem Halstuch oder mit einer Nadel ein langweiliges und armseliges Stück total verwandeln.“

„Und die Sachen von euch sind weder langweilig noch armselig“, sagte Hilda zu den beiden Freundinnen. „Ich finde, ihr seid sehr großzügig gewesen, und danke euch von Herzen.“

„Unser Klub hat heute zum ersten Mal eine richtige Aufgabe erfüllt", meinte Hanni abends zur Schwester. „Anders hätten wir Gina bestimmt nicht so schnell helfen können."

„Vor allem auch nicht so unauffällig", sagte Nanni.

Der große Tag in Neuenburg

Am Sonntag und an den nächsten Nachmittagen wurde angeprobt, genäht, gewaschen und gebügelt, daß es eine Freude war. Die Hausmutter schlug die Hände über dem Kopf zusammen, wenn sie die fleißigen Mädchen sah.

„Euch kenn ich ja gar nicht wieder", rief sie ein ums andere Mal. „Solchen Eifer habt ihr noch nie entwickelt."

„Jetzt geht es ja auch um ein Vergnügen, Hausmutter!" rief Jenni übermütig. „Wir müssen Lindenhof doch im Konzertsaal würdig vertreten."

„Das möchte ich mir ausgebeten haben", war die Antwort. „Aber nicht nur durch Kleidung, sondern durch Aufmerksamkeit und gutes Benehmen."

Doch sie tat nur so streng. In Wahrheit half sie überall, gab bei Änderungen ihr Urteil ab, wenn eine gar zu sehr in die Länge geschossen oder in die Breite gegangen war, seit sie das Kleid zum letzten Mal getragen hatte. Sie begutachtete, wo eine Schleife oder ein Tuch am besten aussah, und steckte selber ab, was neu zu nähen war. Ein zweites Bügeleisen brachte sie an und stellte ihr eigenes Nähzeug mit vielen bunten Garnrollen bereit. Außer Fräulein Theobald wollte Fräulein Jenks mitfahren. Sie stellten gemeinsam den Tagesplan zusammen.

Als der große Tag endlich da war, hingen die meisten Mädchen aus den anderen Klassen an den Fenstern oder standen winkend an der Haupttür. Der Bus fuhr los, und die Mädchen winkten strahlend zurück.

In einer Stunde hatten sie Neuenburg erreicht. Es dämmerte schon, als der Bus auf dem Marktplatz hielt. Es wurden viele auswärtige Besucher erwartet.

Fräulein Theobald winkte die acht Glückspilze — wie die Klasse neuerdings sagte — zu sich heran.

„Ich finde, ihr solltet der Sängerin einen Blumenstrauß schicken, als Dank für die Einladung."

Oh, das wollten sie natürlich gern tun. Sie hatten bloß nicht daran gedacht.

„Ich lege den Betrag einstweilen aus, Fräulein Jenks wird so nett sein und den Strauß bestellen."

Die Mädchen machten enttäuschte Gesichter!

„Wollt ihr ihn selber aussuchen?" fragte Fräulein Theobald lächelnd.

„Ach ja!" riefen alle wie aus einem Munde.

„Dann geht schnell mit Fräulein Jenks los. Dort drüben ist ein Blumenladen. Beeilt euch!"

Was für Blumen nahmen sie am besten? Nach einigem Hin und Her entschieden sie sich für acht wunderschöne rotgoldene Chrysanthemen. Auf eine Karte schrieben sie: „Mille grazie!" und ihre Namen. Die Verkäuferin versprach, die Blumen sofort zu binden und in die Konzerthalle zu senden.

Ein knapper Imbiß, und schon wurde es Zeit, in den Konzertsaal zu wandern. Als Fräulein Jenks an der Kasse nach den vorbestellten Karten fragte, bekam sie alle, die zu bezahlen waren, und außerdem einen dicken Umschlag. Er war an Gina adressiert. Die Signora hatte zu den Freikarten ein paar Zeilen geschrieben. Sie hatte die acht Karten schon reservieren lassen, ehe Fräulein Theobald anrief. Nun saßen die übrigen Mitschülerinnen zwei Reihen hinter den acht. Die Sängerin wünschte allen viel Vergnügen und schrieb am Schluß: „Vielleicht sprechen wir uns noch."

Gespannt betraten sie den Festsaal. Er war nicht sehr groß. Vorn auf dem Podium stand der Flügel; an den Seiten waren Töpfe mit Grünpflanzen aufgestellt.

Die acht Glückspilze saßen in der zweiten Reihe, vor ihnen ein paar Herren in dunklen Anzügen und Damen in sehr eleganten Kleidern. Das waren die Mitglieder des Festausschusses vom Kreis Neuenburg, der diesen Abend veranstaltete.

Die Mädchen wurden nicht enttäuscht. Die dunkelhaarige Italienerin sah in dem langen weißen Kleid aus schwerer Seide bezaubernd aus. Das sagte später nicht bloß die schwärmerische Elli – nein, auch Angela gab es zu.

Und wie sie sang! Bobby ertappte sich selber, daß sie mit gefalteten Händen dasaß und lauschte. Jeder im Saal war ergriffen von dieser schönen Stimme. Als das erste Lied zu Ende war, brach tosender Beifall los. Immer wieder mußte die Künstlerin sich verneigen, ehe sie weitersingen konnte. Nach dem dritten Lied wurde ihr ein Strauß überreicht. Rotgoldene Chrysanthemen!

„Unser Strauß! Seht ihr, unser Strauß", tuschelten acht Mädchen in der zweiten Reihe aufgeregt.

Lied um Lied folgte. Und dann –das Konzert war beinahe zu Ende – trat die Sängerin vor und sagte in den Saal hinein:

„Das letzte Lied singe ich ganz besonders für acht junge Freundinnen, die mir in der letzten Woche sehr geholfen haben."

Sehr glücklich saßen die „acht jungen Freundinnen" da, besonders als ein paar Damen und Herren aus der ersten Reihe sich umdrehten und ihnen zuwinkten. Ihnen hatte die Sängerin gewiß ihr Abenteuer berichtet. Und nun wußte der ganze Saal, wen sie meinte.

Sie sang Mozarts liebes kleines Lied „Ein Veilchen auf der Wiese stand", und als sie endete: „. . . es war ein herzig's Veilchen", da klatschten die Menschen im Saal wie toll, am meisten und am dankbarsten die acht in der zweiten Reihe.

Wie benommen verließen sie den Saal. Es war schon nach zehn, der Bus sollte um halb elf abfahren.

Trotzdem sagte die Direktorin: „Wir gehen noch einmal kurz in das Café von vorhin. Ich habe für euch Tee zum Aufwärmen vor der langen Fahrt bestellt."

Sie saßen noch gar nicht lange dort, da ging die Tür auf, und herein kam – die Signora. Es waren noch andere Konzertbesucher im Café. Die erkannten sie und klatschten. Sie nickte dankend, ging aber unbeirrt zu dem großen Tisch an der Seite, wo die Lindenhofmädchen saßen. Den Chrysanthemenstrauß hielt sie in der Hand. Hinter ihr kam der Herr, der sie damals gefahren hatte. Während die Signora mit Fräulein Theobald sprach, die ihr entgegenging, winkte er seinen acht Helferinnen zu, die er sofort erkannte, und rief vergnügt: „'au ruck! 'au ruck!"

Die Sängerin wandte sich an die Klasse. Gina übersetzte, was sie sagte:

„Ich freue mich sehr, daß ihr alle gekommen seid. Hoffentlich hat es euch Freude gemacht. Meinen lieben Helferinnen vom vergangenen Mittwoch aber möchte ich noch eine kleine Erinnerung an unser gemeinsames Abenteuer geben."

Sie drehte sich zu dem Herrn um und ließ sich von ihm ein kleines Päckchen geben. Es waren acht kleine Schallplatten mit dem Mozartlied von dem herzigen Veilchen. War das nicht reizend?

„Und ihren Namen hat sie auch draufgeschrieben!" rief Petra, die besonders scharfe Augen hatte, weil sie eine Brille trug. Sie schlängelte sich zu Fräulein Jenks hinüber und fragte:

„Ob sie uns auch ein Autogramm gibt?"

„Warum nicht?" war die Antwort. „Wenn ihr sie höflich darum bittet."

Unüberbietbar höflich waren die Mädchen, das stellten beide Lehrerinnen mit Schmunzeln fest. Jede bekam ihr Autogramm. Dann stand die Sängerin auf, seufzte und sagte etwas, das Gina hinterdrein übersetzte: „Uff, jetzt kann ich meinen Namen wirklich schreiben!"

Nach ein paar Abschiedsworten an Fräulein Theobald, die selber gut Italienisch sprach, und einem herzlichen Winken verließ sie mit ihrem Begleiter das Café, das inzwischen bis auf den letzten Platz gefüllt war. Es hatte sich herumgesprochen, wer dort saß.

„Und wir müssen nun auch schleunigst aufbrechen", rief die Direktorin über den Tisch weg. „Es ist allerhöchste Zeit."

Jetzt wird es Ernst

„Allerhöchste Zeit", das sagte auch Fräulein Körner, und sie meinte „zu ernsthafter Arbeit". Mamsell drückte sich ähnlich aus, nur mit noch mehr Nachdruck, wenn sie wieder einmal die schrecklichen unregelmäßigen Verben abgefragt hatte. „Fürchterlich! Fürchterlich!" rief sie dann, wenn Doris stotterte oder etwas Falsches sagte, wenn Elma sie hilflos anguckte und sogar die Klassenbesten ein paar schlimme Fehler machten. „Mamsell Fürchterlich" hatten die Zwillinge sie deshalb früher einmal getauft.

Sie gab ihnen zu lernen auf, daß die Köpfe rauchten, und dann kam eine Klassenarbeit voller Fallen, in die dann die meisten auch hineinstolperten.

Viel besser ging es in den anderen Fächern auch nicht. Lernen, lernen! hieß es. An Stelle von Fräulein Willmer, die sie bisher in Deutsch unterrichtet hatte, war nach den Ferien Fräulein Wahl gekommen. Die schwärmte nicht und machte auch keine Gedichte wie Fräulein Willmer. Dafür legte sie allergrößten Wert auf Rechtschreibung und auf Regeln, die sie sich herunterschnurren ließ.

So ging es in Mathematik und Englisch, in Erdkunde und Geschichte. Sie lernten und seufzten zum Steinerweichen. Nun holten sie sich auch wieder die Mädchen aus den unteren Klassen zu Hilfe für die kleinen Arbeiten im Zimmer. Die zweite Klasse hatte sich schon gewundert, warum sie nicht längst gerufen wurde. Sie alle waren ja neugierig und fragten nach dem Konzert.

Aber die Großen war nicht sehr gesprächig. „Beeil dich ein bißchen mit der Arbeit“, sagte Doris ungeduldig zu Claudines Schwester Antoinette. „Ich muß arbeiten.“

Angela war am leichtesten zum Reden zu verleiten, besonders als Viola nach ihrem Kleid fragte. Und natürlich auch, was die anderen angehabt hatten.

„Na ja, du kennst ja die meisten“, sagte Angela. „Sehr brav angezogen. Meine Mutter sagt immer, man legt mit solchem Kleid auch eine Feststimmung an. Willst du meines sehen?“

Viola nickte, und Angela ging zu ihrem Schrank.

„Hab ich zu Weihnachten bekommen. Ich war entschieden als einzige richtig angezogen.“

Viola, die Angela anschwärmte, war von dem Kleid begeistert.

„Und war die Sängerin wirklich so nett, wie alle sagen?“ fragte sie.

„Doch, das war sie.“ Angela nickte. „Und sehr geschmackvoll angezogen, eine Dame von Welt. Sonst war das alles ja ein bißchen kleinstädtisch.“ Angela zuckte die Achseln.

„Ich muß arbeiten, Elli wird auch gleich kommen. Du bist ja wohl bald fertig.“

Den Jüngeren gefiel der Lerneifer der Sechsten gar nicht. Früher hatten sie bei den Großen viel mehr Spaß gehabt.

„Was plötzlich in die gefahren ist, möchte ich wissen“, sagte Dina Kramer zu Sabine Thaler, als sie sich auf dem Flur vor Bobbys und Jennis Tür trafen.

Sie überlegten, wie sie die Großen wohl ärgern konnten.

„Das beste ist“, meinte Antoinette, als sie in ihrem Gemeinschaftsraum wieder über dieses Thema sprachen,

„wenn wir besonders vergnügt sind und recht viel Unsinn treiben."

„Nein", sagte Regina Lernet mit ihrer Piepsstimme, „wir müssen ihnen einen Streich spielen."

„Überlegt euch bis morgen abend, was wir tun können", sagte Ruth Piper, die Klassensprecherin, die bei allen Dummheiten immer die Erste war. „Wir reden dann darüber."

Ein Feldzugsplan

Das wurde eine Sitzung!

Ganz schlau fingen es die Mädchen aus der Zweiten an. Sonst gab es immer einmal ein Mitternachtsfest. Warum sollten sie ihre Beratung nicht auch um Mitternacht halten? Da blieben sie wenigstens ungestört! In Windeseile hatten Antoinette, Regine und Ruth drei große Pakete Kekse, zwei Schachteln Pralinen und eine Büchse Kakaopulver eingekauft.

Das gab also gleichzeitig die Andeutung von einem Festschmaus!

Ruth hatte außerdem in einer Drogerie ein paar Einkäufe gemacht, von denen sie den anderen fürs erste nichts verriet.

Die Klasse hatte zwei Schlafräume nebeneinander. Auf Punkt zwölf waren die Wecker gestellt, und es begann ein heimliches Schleichen und Schlurfen zum größeren Zimmer, das zum Glück am äußersten Ende des Flurs lag.

Sie zündeten Kerzen an und teilten die Kekse aus. Den Kakao hatte Dina schon mit warmem Wasser angerührt und goß nun fleißig in die Pappbecher ein.

„Ich eröffne die Sitzung zur Bekämpfung des übergroßen Lerneifers unserer Sechsten", fing Ruth an.

Die anderen kicherten. Das war ein richtiger Spaß und einmal etwas anderes als die Mitternachtsfeste, bei denen

Die Mädchen zündeten Kerzen an ...

soviel gefuttert wurde, daß die meisten sich den Magen gründlich verdarben.

„Wir wollen den Großen einen Streich spielen, vielleicht auch ein paar", fuhr Ruth fort. „Aber das müssen wir ganz schlau anfangen. Ich habe mir aufgeschrieben, wie sie zusammen wohnen." Sie holte einen großen Zettel vor. „Hilda als Klassensprecherin wohnt allein, die Neue aus Italien auch. Bei den beiden hat es wahrscheinlich wenig Zweck, etwas zu unternehmen. Sonst wohnen zusammen: die Zwillinge, Bobby und Jenni, Claudine und Carlotta, Elma und Bettina, Petra und Doris, Angela und Elli, Marianne und Carla, Anneliese und Beate. Ich glaube, das sind alle. Nun sagt bitte, was ihr vorschlagt!"

„Als Gespenster gehen", rief Sabine.

„Ihre Sachen verräumen", schlug Regine vor.

„... oder vertauschen", ergänzte Dina.

Antoinette, die Angela besonders gern einen Streich spielte, wollte ihr die Ärmel an ein paar Kleidern zunähen, anderen natürlich auch.

Es gab eine ganze Menge und sehr verschiedene Vorschläge. Ruth hatte eifrig mitgeschrieben, während die übrigen Kekse knabberten und Kakao tranken. Nur wenn die Pralinen herumgereicht wurden, legten sie auch Ruth immer eine hin. Die stand endlich auf und sagte:

„Prima habt ihr euch das ausgedacht! Mir sind auch noch ein paar Dinge eingefallen, und ich habe gleich dafür eingekauft: In die Zahnputzgläser oder in die Waschbecken tun wir Brausepulver. Wenn da Wasser drauf kommt, schäumt es wie toll. Und dann legen wir Knallerbsen so auf den Bettrand oder unter die Matratzen, daß sie herunterfallen und knallen, wenn sich eine ins Bett legt. Auch unter den Bettvorleger können wir sie tun. Dann knallt es, wenn sie drauftreten. Das können wir übrigens auch bei Hilda und der Neuen machen! Was meint ihr dazu?"

Die Klasse jubelte so laut, daß Ruth schalt:

„Ihr seid wohl närrisch geworden? Wenn uns nun jemand hört!"

Antoinette meldete sich: „Ich finde, von den anderen Streichen machen wir in den Zimmern nicht die gleichen. Mit Gespenstern erreichen wir bei Angela und Elli das meiste, vielleicht auch bei Elma und Bettina. Die andern lachen uns aus. Dafür wird Marianne bestimmt wütend, wenn wir ihre Skischuhe aus dem Regal im Keller verstecken; aber das macht nichts. Sie schimpft sonst oft genug ohne Grund."

„Und ich nähe in ein paar Zimmern die Ärmel zu", rief Sabine, die längst nicht mehr so schüchtern war wie früher. „Aber Viola und Regine müssen mir helfen."

Die beiden waren gleich einverstanden, aber sie fragte:

„Wir wollen den Großen einen Streich spielen"

„Die Ärmel von den Nachthemden oder von Kleidern?"

„Vor allem von Pullis. Da hinein schlüpft man doch immer mit Schwung, und wenn eine nicht durchkommt ..."

Alle kicherten.

„Ich weiß noch was", rief Viola dazwischen. „Wir sammeln Wecker. Die stellen wir auf ganz verschiedene Zeiten und verstecken sie in den Zimmern. Dann klingeln sie mitten in der Nacht."

Ruth fiel noch etwas ein: „Wenn wir Marianne nun nicht die Schuhe versteckten, sondern lieber das Bett?"

„Das Bett?"

„Ich meine, das Deckbett. Wir können es ja auf den Schrank packen, dann muß sie sich sportlich betätigen und es herunterholen."

Der Jubel wurde wieder beängstigend laut.

„Und wenn wir eine große Glocke hinter einen Vorhang stecken", rief Antoinette, „und eine Schnur daran zum Fenster hinaushängen? Wir ziehen nachts daran. Die Zwillinge schlafen bestimmt bei offenem Fenster, da läßt es sich gut machen."

„Kinder, das wird himmlisch!" rief Ruth. „Wir müssen bloß noch genau einteilen, wer was bei wem anstellt. Für heute erst mal Schluß!"

Da meldete sich Brigitte Mohn, das Mädchen, das alle am wenigsten mochten. Sie hatte noch einen Vorschlag: „Wenn wir nun aus einem Kleid einfach die Ärmel herausschneiden?" fragte sie. „Bei Angela zum Beispiel, weil die sich doch immer so wichtig tut mit ihren Sachen."

Sofort erhob sich heftiger Widerspruch. Nein, sie wollten die Großen wohl tüchtig foppen, aber zerstören wollten sie nichts. Brigitte erntete für ihren Vorschlag kein Lob — im Gegenteil, Ruth verbot ihr, so etwas zu tun. Als an den nächsten Tagen die Rollen verteilt wurden, als jede einzelne ihren Auftrag bekam für die „Nacht der Schrecken" — wie Antoinette lachend sagte —, da hatte Ruth für Brigitte nichts zu tun.

Natürlich wuchs Brigittes Zorn auf Angela, die ihre Arbeit stets bemängelte, und auch auf die Klasse. Sie wollte es ihnen schon heimzahlen! Daß sie die Gelegenheit dazu sehr bald bekam, wußte sie noch nicht.

Nach zwei Tagen hatte Ruth ihren Plan fix und fertig. Sie wußten alle, was sie zu tun hatten. Es war bloß schwierig, die Großen aus ihren Zimmern zu locken. Doch die gerissene Antoinette wußte auch da Rat.

Sie besuchte ihre Tante und war ganz besonders lieb und nett. Kein Wunder war es, daß Mamsells Herz schmolz! Antoinette brachte die Rede auf die Großen in der sechsten Klasse.

„Uns tun sie richtig leid, wie sie schuften. Dabei weiß ich bestimmt, daß alle gern einmal ins Kino gingen. Aber sie

Die gerissene Antoinette war besonders lieb zu Mamsell

wagen es nicht, ehe sie ihre Arbeiten fertig haben. Und zu der Sieben-Uhr-Vorstellung dürfen sie allein nicht gehen."

„Die armen Dinger", seufzte Mamsell mitleidig. „Wenn man ihnen doch helfen könnte!"

„Ja, wenn eine Lehrerin mitginge, dann wäre es einfach", bohrte Antoinette listig weiter.

„Was läuft eigentlich für ein Film?" fragte Mamsell.

„Ein französischer, ein sehr guter sogar. Über die Camargue."

„Aber das ist doch großartig! Unser schönes Land muß man ihnen zeigen. Was meinst du, Antoinette, wenn ich ihnen nun anbiete, mitzugehen?"

„Ach Tantchen, du bist so lieb! Ja, sag ihnen einfach, du möchtest, daß sie diesen Film sehen, und wolltest morgen oder übermorgen mit ihnen hingehen. Dann könnten sie nicht nein sagen und sind im Grunde selig. Aber du mußt so tun, als ob *du* es möchtest. Die sind ja plötzlich so schrecklich fleißig. Und erzähle nur nicht, daß ich dir alles verraten habe."

„Nein, nein. Ich freue mich selber auf den Film."

„Tantchen, du bist ein Schatz!"

Und Antoinette, die kleine Schlange, nahm die ahnungslose Mamsell in den Arm und drückte sie zärtlich.

Zwei Abende drauf wanderte die sechste Klasse mit Mamsell ins Kino.

„Habt ihr alles?" fragte Ruth jede einzelne. „Nähzeug, Scheren? Wer hat den Korb mit den Weckern?"

Fünfzehn Wecker hatten sie aufgetrieben, dazu eine große Schelle, an der schon eine lange Schnur baumelte.

„Die Nacht der Schrecken"

Der Film war wirklich schön, wie Antoinette es ihrer Tante gesagt hatte. Wunderbare Landschaftsaufnahmen und eine fröhliche, spannende Handlung – das gefiel allen sehr.

„Ein Jammer, daß man ein Mädchen ist", meinte Bobby auf dem Heimweg. „So zu leben wie diese Hirten in der Camargue, das könnte mir auch gefallen."

Carlotta wurde wieder einmal von der Sehnsucht nach ihrem Reiterleben beim Zirkus gepackt.

„Könnt ihr verstehen, daß es eine Lust ist, auf dem Pferderücken umherzujagen?" fragte sie die Freundinnen.

Die nickten eifrig.

Nur Claudine, die ihre Tante eingehakt hatte, war damit nicht einverstanden. „Man kann ja Arme und Beine dabei brechen. Aber wie die Mädchen hinter ihren Burschen auf dem Pferd saßen, als sie zum Fest ritten, das hat mir gefallen."

„Du müßtest reizend aussehen in der Tracht, ma belle petite Claudine", sagte Mamsell liebevoll. „Aber findet ihr unser Frankreich nicht auch wundervoll, ihr lieben Mädchen?“

„Oh, schön ist es“, meinte Jenni. „Aber zu weit weg für uns. Später, wenn Claudine wieder zu Hause ist, werden wir sie mal besuchen.“

„Das machen wir“, riefen die anderen lachend, und Claudine schüttelte, ebenfalls lachend, den Kopf. Sie glaubte nicht recht daran.

Noch vor zehn Uhr waren sie wieder in Lindenhof.

„Leise, leise“, mahnten Mamsell und Hilda um die Wette. „Alles schläft schon, wir dürfen sie nicht aufwecken.“

Hatten die beiden eine Ahnung! Die zweite Klasse saß wach in den Betten. Sie hatten gearbeitet, als kriegten sie es bezahlt – und alles in größter Stille. Wohl oder übel hatten sie Brigitte schließlich doch an den Vorbereitungen beteiligen müssen. Sonst hätte sie ihnen sicherlich den Spaß verdorben. Sie verteilte mit Viola zusammen das Brausepulver in die Waschbecken.

Ein paar hatten immer aufpassen müssen, ob keine Lehrerin kam. Als Fräulein Körner vom anderen Ende des Flures gemeldet wurde, spritzten sie in ihre Zimmer und in die Betten.

Kaum hatte Fräulein Körner die Räume kontrolliert und war die Treppe hinabgestiegen, schlichen die Verschwörerinnen leise, leise in Socken wieder in den oberen Flur. Welch Glück, daß die Zwillinge ihr Zimmer genau über dem einen Schlafraum hatten – da ließ sich die Glocke gut von unten läuten.

Halb zehn hatten sie alles geschafft. Nun schnell hinunter, die Großen kamen sicherlich bald!

Und nun hörten sie die Sechste vorsichtig in ihre Zimmer schleichen.

Zunächst blieb alles still. Dann rumpelte etwas, eine Tür ging auf, noch eine . . . jemand sprach aufgeregt. Dann hörten sie es kichern.

Das war die Zeit, als bei den ersten das Waschwasser schäumte. Immer wieder ging eine Tür auf, immer wieder redeten ein paar miteinander.

Im Zimmer von Marianne und Carla war zunächst alles still geblieben. Kein Brausepulver ließ das Wasser aufschäumen. Dann zog Marianne die Tagesdecke von ihrer Couch. Das Deckbett fehlte! Zuerst sah Marianne verwundert zu Carla hinüber. Deren Bett war in Ordnung.

„Begreifst du, wohin mein Bett verschwunden ist?" fragte sie.

Carla schüttelte den Kopf, blickte sich aber suchend um.

„Guck mal auf den Schrank!" sagte sie plötzlich.

Marianne tat es und erstarrte. „So eine Unverschämtheit! Hast du das gemacht?"

„Na höre mal", antwortete Carla empört. „Das fragst du hoffentlich nicht im Ernst?"

Natürlich! Marianne hatte es nur im ersten Zorn gesagt. Sie nahm einen Stuhl und holte das Bett herunter. Obendrauf war ein großer Zettel befestigt mit einem Vers:

„Zuviel Lernen, das ist dumm.
Vom vielen Sitzen wird man krumm.
Täglich Klettersport betreiben,
und ihr werdet topfit bleiben!"

Nun mußte Marianne doch lachen. Diese Mahnung war Wasser auf ihre Mühle.

„Eigentlich stimmt es", sagte sie völlig besänftigt. „Und wer es auch geschrieben hat, ich nehme es mir zu Herzen. Morgen schon mache ich einen neuen Plan für Gemeinschaftssport. Hilfst du mir?"

Carla nickte, heilfroh, daß Mariannes Zorn verraucht war. Beide glaubten: dieser Anschlag gilt Marianne, die vor lauter Lerneifer zu wenig an den Sport gedacht hat! Aber sie wurden bald eines Besseren belehrt, denn ganz ungeschoren blieb Carla auch nicht.

Sie rief: „Also schlaf gut, Marianne, träume vom Waldlauf oder was du sonst planst“, und warf sich mit Schwung aufs Bett.

Krach – bum – krach! Ein halbes Dutzend Knallerbsen rutschte durch die Sprungfedern und zerplatzte.

„Hahaha!“ Marianne saß aufrecht im Bett. „Sind die Stahlfedern von deinem Fliegengewicht gesprungen?“

„Das kann ich mir nicht gut vorstellen. Aber ich glaube, das hängt mit deinem Deckbett zusammen. Irgend jemand hat uns diese Streiche gespielt.“

„Meinst du?“ Marianne war enttäuscht. An mehr Sport gemahnt zu werden, ja, das begriff sie. Wenn nun aber alles ein ganz gewöhnlicher Streich war, fühlte sie sich beinahe gekränkt.

„Morgen werden wir ja weiter sehen“, sagte sie und gähnte. „Gute Nacht.“

Kurz vor zwölf läutete es im Zimmer der Zwillinge Sturm. Beide fuhren erschrocken auf. „Was ist los?“

Unentwegt schepperte die große Kuhglocke. Schließlich stand Hanni auf. Sie hatte oben am Vorhang verdächtige Bewegungen gesehen. Da fand sie die Glocke und entdeckte die Schnur daran, die zum Fenster hinaushing. Ein schneller Griff: die beiden Sicherheitsnadeln waren auf. Hanni nahm die Glocke ab und lehnte sich aus dem Fenster.

„Ihr Racker da unten“, rief sie den unsichtbaren Glöcknerinnen halblaut zu, „laßt euch nur morgen nicht von mir erwischen!“

Auch in ein paar anderen Zimmern war es lebendig geworden. Die Wecker läuteten. Bis die schlaftrunkenen Bewohner richtig wach waren, hatte das Klingeln aufgehört. Dafür klingelte fünfzehn oder zwanzig Minuten später der nächste, der in einer anderen Ecke versteckt war.

Ob noch ein dritter Wecker anfing? Das war die Frage. Anneliese und Beate, vorsichtige Mädchen, durchsuchten

Angela stieß einen schrillen Schrei aus

jeden Winkel im Zimmer und blieben so eine Stunde länger wach als die anderen, die sich unbekümmert auf die andere Seite legten.

Eine Störung aber gab es noch, die alle aufschreckte: Gegen halb eins schlichen Antoinette und Regine die Treppe hinauf. Regine war wegen ihrer Piepsstimme ausgewählt worden. Antoinette trug einen Besen, der mit einem langen Bettuch verkleidet war. Leise öffnete Regine die Tür zum Zimmer von Elli und Angela, schüttelte sacht ein winziges Glöckchen mit hellem Klang und rief halblaut: „Huiii-hi-huiii!“

Antoinette schob vorsichtig den Besenstiel durch die Tür und schwenkte das Tuch hin und her, während Regine gleichzeitig aus einer Taschenlampe einen Lichtstrahl zittern ließ.

Dabei entdeckte sie, daß Elli mit weit offenem Mund und großen Augen aufrecht im Bett saß. Angela schlief noch. Aber plötzlich wachte sie auf und stieß einen so schrillen Schrei aus, daß es durch den Flur gellte.

Eilig traten die Gespenster den Rückzug an – keinen Augenblick zu früh, denn nun gingen die Türen der Nebenzimmer auf.

Jemand rief: „Was ist los?" und sie hörten Angela kreischen: „Ein Gespenst! Huh — es spukt!"

„Du bist verrückt!" sagte Hilda dazwischen.

Andere lachten, und Hanni rief: „Du fällst aber wirklich auf alles rein."

„Elli, du hast es doch auch gesehen. Elli, sag doch was!" schrie Angela von neuem.

Es war ein Höllenlärm, der nach unten drang, wo die Mädchen aus der zweiten Klasse vergnügt hinter ihren Türen standen und sich vor Lachen bogen. Vom anderen Trakt her klang jetzt die energische Stimme von Fräulein Körner: „Was ist denn das für ein Spuk mitten in der Nacht?"

Ja, sie sagte ausgerechnet „Spuk", und schon rief Angela von oben: „Es spukt wirklich, Fräulein Körner." Sie lief nun hinaus auf den Flur. Fräulein Körner kam schon die Treppe hinaufgebraust. Den Gürtel ihres Morgenrockes knotete sie eilig im Gehen. Kaum war sie auf der Treppe zum zweiten Stock, da öffneten die Mädchen unten die Türen vorsichtig, gerade nur um einen Spalt, damit sie alles besser verstanden.

„Was ist los?" fragte Fräulein Körner energisch, und Angela antwortete mit zitternder Stimme: „Etwas Weißes flog durchs Zimmer. Es wimmerte und leuchtete."

„So!"

5-3660-8

Das eine kleine Wort sagte genug. Fräulein Körner hätte gar nicht weiter zu reden brauchen.

Angela versuchte noch einmal, Elli zu Hilfe zu rufen: „Du hast es doch auch mit eigenen Augen gesehen, Elli, nicht wahr?"

Aber Elli hatte so ihre eigenen Vermutungen. Außerdem entdeckte sie, daß Bobby und Nanni sie beschwörend anblickten. Nanni legte sogar wie zufällig einen Finger auf den Mund. Deshalb antwortete sie zögernd nur: „Ich weiß nicht".

„Also Angela, du hast geträumt oder dir etwas zusammengereimt. Habt ihr anderen etwas bemerkt?"

„Nein!" Allgemeines Kopfschütteln und verstohlenes Grinsen.

„Da siehst du es! Ausgerechnet bei dir spukt es. Ich bitte mir aus, daß damit Schluß ist. Bestell das deinen Gespenstern! Und ihr anderen geht schleunigst ins Bett! Gute Nacht."

Unten schlossen sich die Türen leise, und alle Verschwörer huschten in die Betten. Das war ihr Glück, denn Fräulein Körner glaubte weniger an Angelas Traum als an einen Streich und schaute vorsichtig wenigstens in einen Schlafraum der Zweiten. Es blieb alles still. Und wenn Fräulein Körner auch merkte, daß die angeblich fest Schlafenden den Atem anhielten, so wußte sie doch: Von nun an herrschte bestimmt Ruhe.

Ein zweites Mal würde sich kein noch so dreistes Gespenst auf Wanderschaft begeben.

Elma und Bettina blieben auf diese Weise als einzige unbehelligt. Das paßte niemandem ganz. So gingen denn am Morgen ein paar Mädchen heimlich noch einmal in den zweiten Stock, als sie vor den Großen ganz sicher waren. Sie opferten Kaugummi und klebten sämtliche Schuhe von Elma und Bettina, die sie im Zimmer fanden, am Boden fest. Die würden sich schön plagen müssen, wenn sie die Schuhe loskriegen wollten! Und wie andere an diesem

Morgen zwei, drei Pullis durchprobierten, ehe sie einen mit offenen Ärmeln fanden – darüber wurde noch tagelang gekichert.

Beim Frühstück im großen Eßraum wurden zwischen der Zweiten und der Sechsten viele Blicke gewechselt. Niemand sprach aber über die Vorgänge in der vergangenen Nacht.

Noch nicht einmal Fräulein Körner erwähnte die Spukgeschichte. Heimlich schmunzelte sie freilich über die müden Gesichter ihrer Klasse. Sie hatte die Kleinen aus der zweiten Klasse nicht bloß kichern gehört, sondern auch ein paar Bemerkungen aufgefangen. Da schien ja ein ganzer Feldzugsplan entwickelt und ausgeführt worden zu sein!

Als dann noch ein großes Plakat der Sportwartinnen Marianne und Carla am Schwarzen Brett hing:

„Von jetzt an wird wieder Sport getrieben!"

vermutete sie, daß Marianne den übermütigen Jüngeren als Antwort kräftig einheizen wollte. Sie kannte doch ihre Marianne!

Nur zwischen Claudine und Antoinette fand ein merkwürdiges Gespräch statt, von dem aber niemand erfuhr.

„Sag mal", fragte Claudine, „weißt du, weshalb Tantchen gestern abend plötzlich mit uns ins Kino ging?"

Antoinette sah die Schwester unschuldig mit großen Augen an. „War es hübsch?"

„Doch, doch. Aber antworte auf meine Frage: „Weißt du, wie sie auf den Gedanken kam?"

„Du kennst sie doch: Wenn sie etwas von daheim, von Frankreich, hört, gerät sie aus dem Häuschen. Sie möchte dann allen davon erzählen."

„Woher wußte sie denn überhaupt von dem Film?"

„Der läuft doch schon ein paar Tage, und Plakate hängen überall herum."

Claudine schüttelte ungeduldig den Kopf und fragte direkt: „Hast du den Film gesehen?"

„Ja, und mir gefiel er auch." Sie redete eifrig weiter, um neuen Fragen auszuweichen: „Fandest du Denise auch so reizend? Sie spielte sehr gut, besser als in dem Film damals."

„Ja, ja", sagte Claudine. Sie gab es auf, von Antoinette etwas mehr zu erfahren, und fragte bloß noch: „Hast du ihr von dem Film erzählt?"

„Ganz kurz", behauptete Antoinette, „bloß so nebenher." Aber dabei zwinkerte sie vergnügt mit den Augen.

Claudine zwinkerte zurück, wiederholte: „Bloß so nebenher, so, so!" und ging aus dem Zimmer. Sie wußte genau Bescheid.

Verdächtiger Schnupfen

Am Schwarzen Brett hing außer Mariannes Plakat noch ein Zettel, und darüber wunderte sich Fräulein Körner. In Druckbuchstaben stand darauf:

„Spatzen gibt es auf der Gasse
und auch in der sechsten Klasse."

Was hatte das zu bedeuten? Sie wunderte sich nicht allein. Von allen, die den Vers lasen, waren die sieben vom Spatzenklub die einzigen, die ihn verstanden.

Bobby riß den Zettel sofort ab.

Zwei Tage später hing ein anderer an der gleichen Stelle:

„Was ist ein Klub?
Eine Gruppe, die sich gescheiter vorkommt als die anderen.
Ob sie wirklich gescheiter ist?"

Jetzt wurde es den Spatzen ungemütlich. Da war anscheinend jemand recht gut hinter ihr Geheimnis gekommen und wollte die anderen gegen sie aufhetzen. Wer mochte es sein?

Elma? Sie gab sich große Mühe, ein bißchen netter zu werden. Die machte dies gewiß nicht.

Marianne? Wenn sie von dem Klub erfuhr, war sie wahrscheinlich gekränkt, daß sie nicht dazu eingeladen worden war. Nach wie vor hielt Marianne sich ja für besonders wichtig und besonders tüchtig. Der Sportplan, den sie inzwischen aufgestellt hatte, war auch wirklich gut. Die ganze Schule wurde herangezogen. Weil es mit dem richtigen Wintersport längst aus war, gab es täglich einen kurzen Spaziergang mit Freiübungen in der frischen Luft, einen Waldlauf oder Spiele im Freien.

Die meisten Mädchen aus der Sechsten waren heilfroh, daß sie durch Marianne wieder aus ihrer Stubenhockerei gerissen wurden.

„So etwas Verrücktes habe ich selten erlebt“, gestand Jenni einmal, „wir waren ja direkt alle in einen Lernrausch geraten.“

Lernrausch – eine drollige Bezeichnung für den erstaunlichen Fleiß, den sie für kurze Zeit an den Tag gelegt hatten. Noch lange hinterher hieß es, wenn eine besonders eifrig lernte: „Hast du wieder mal den Lernrausch?“

Doch die Spatzen machten sich ihre Gedanken über Marianne.

„Wir müssen sehen, ob sie anfängt, uns zu schikanieren“, meinte Carlotta. „Das tut sie ja gern, sobald sie einen Zorn hat.“

Sie fanden aber ganz und gar keine Anzeichen dafür und ließen den Argwohn gegen Marianne fallen. Schließlich schien ihnen Angela am meisten verdächtig.

Angela war schlechter Laune. Die Gespenstergeschichte hatte allen großen Spaß gemacht. So wenig sonst von dem Unfug in jener Nacht die Rede war – der Spuk wurde immer wieder erwähnt. Angela verfärbte sich jedesmal, wenn sie etwas aufschnappte. Die ganze Schule wußte davon. So hatte sie häufig Grund, dunkelrot anzulaufen. Schon möglich, daß Angela ihren Ärger nun an den Klubmitgliedern auslassen wollte!

Der zweiten Klasse war es unheimlich, daß die Großen so beharrlich über alle Streiche schwiegen. Daß sie den Lehrern, besonders Fräulein Körner gegenüber, nichts verraten hatten, rechneten sie ihnen hoch an. Trotzdem ahnten sie nichts Gutes.

Es war an einem Freitag. Für die nächsten beiden Tage bekamen alle Urlaub, wenn sie ihn wollten. So hatte Fräulein Theobald es für jedes erste Wochenende im Monat eingeführt. Eine wundervolle Einrichtung, fanden alle. Sie planten Besuche, Fahrten zur Stadt, kleine Feste im Heim ...

Mittags war es am Tisch der zweiten Klasse unruhig. Immer wieder nieste eine, die kleine Sabine hatte ganz rote Augen.

„Was ist mit euch?“ fragte Fräulein Roberts, ihre Klassenlehrerin. „Mir fiel im Unterricht schon auf, daß einige von euch erkältet sind. Bei wem hat es angefangen?“

Das konnte niemand sagen. Sie merkten bloß, daß sich der Schnupfen unheimlich schnell verbreitete.

Schon wurde die Hausmutter aufmerksam. Wenn sie bloß nicht ihre Arzneiflasche holte! Da sagte sie es: „Ihr müßt euch auskurieren, am besten durch Schwitzen. Wir wollen sehen, wie es heute abend ist.“

Es wurde nicht besser, eher schlimmer.

Bei der Abendmahlzeit sahen alle angegriffen aus. Und das vor dem langen Wochenende, auf das sie sich gefreut hatten!

Die Hausmutter befahl: „Ihr geht alle sofort ins Bett und schwitzt. Ich komme in einer Viertelstunde. Bis dahin liegt ihr in der Klappe.“

„Bringen Sie Ihre Medizin mit?“ fragte Regine piepsig.

„Selbstverständlich“, knurrte die Hausmutter. „Sonst kommt ihr ja nicht ins Schwitzen.“

Sie stöhnten bei dem Gedanken an diesen Genuß. Als die Hausmutter kam, taten die meisten, als schliefen sie. Aber das half ihnen gar nichts.

Doch der Erfolg war entsprechend: Am Morgen waren alle gesund.

Am Sonntagabend erwartete sie eine Überraschung: In ihrem Gemeinschaftsraum stand ein gewaltiges Paket. Sie packten aus. Papier, verschnürte Kartons ineinander geschachtelt ... bis zum Schluß eine nette Konfektpackung zum Vorschein kam. Darauf stand:

„Der lieben Zweiten ein Anti-Schnupfenmittel!"

Sie enthielt viele Schokoladenplätzchen, die sie sich gut schmecken ließen.

Darunter lag die Quittung einer Drogerie über ein halbes Kilo Niespulver! Quer darüber stand geschrieben:

„Rache ist süß! sagen eure Großen."

Wer hat das Tagebuch?

Nach allen Aufregungen büffelten die Mädchen aus der Sechsten weiter, nur nicht mehr so verbissen wie vorher.

Doris war am schlimmsten dran. Sie gab sich wirklich Mühe, aber es fiel ihr schwer, etwas zu behalten. Petra arbeitete getreulich mit ihr. So konnte sie wenigstens ein paar Fächer gut durchstehen. Aber in Mathematik war es einfach nicht zu schaffen.

„Tröste dich", sagte Angela, „ich schaffe es auch nicht. Wozu denn? Ich brauche den ganzen Unsinn später bestimmt nicht."

„Die meisten von uns nicht", mischte Carla sich ein, und sie sprach eindringlich. „Aber wir lernen dabei denken."

„Ach, glaubst du denn, ich denke nichts?“ fragte Angela spöttisch. „Ich denke sogar eine ganze Menge, Carla. Gut, daß manche nicht wissen, was ich von ihnen denke.“

„Keine von uns zweifelt daran“, sagte Bobby dazwischen. „Aber deine Gedanken taugen meist herzlich wenig. Du bist und bleibst ein boshaftes Geschöpf. Carla meint etwas ganz anderes und hat recht. Folgerichtig denken – hast du davon schon einmal etwas gehört?“

„Folgerichtig, aha!“ Angela schwieg einen Augenblick, dann sagte sie: „Wenn ein Mädchen sich noch nicht einmal richtig anziehen kann, so für Theater und Konzert, und sich von anderen Sachen geben läßt... dann ist es wohl folgerichtig, daß ich sie für eine halbe Zigeunerin halte, wie?“

Bobby fuhr erschrocken herum. Was war das? Das ging zweifellos auf Gina. War sie im Zimmer?

Nein, Gina war nicht dabei. Welch ein Glück! Aber woher wußte Angela von der Geschichte? Von den Spatzen hatte niemand geplaudert, bestimmt nicht! Bobby sah sich um. Nur Carlotta hatte Angelas Bosheit gehört und begriffen. Sie schaute ratlos zu Bobby hinüber.

Alarm! Klubsitzung!

Innerhalb einer Stunde waren alle zusammengetrommelt. Bobby berichtete von Angelas Bemerkung. Die übrigen fünf waren genauso erschrocken wie Bobby und Carlotta. Hanni faßte sich zuerst. „Zeigt mal, was im Tagebuch steht!“

Das Tagebuch!

„Das muß doch hier sein“, meinte Nanni. „Du hast es neulich mitgenommen, Jenni.“

„I-i-ich??“

„Freilich! Als wir gemeinsam die letzte Eintragung machten. Weißt du nicht mehr? Wir hatten im Arbeitsraum irgend etwas nachgeschlagen und dann die letzten Sätze geschrieben. *Du* hast geschrieben.“

„Ich weiß. Aber dann bin ich hinausgegangen, weil Marianne mich rief. Danach mußt du doch das Tagebuch genommen haben. Es lag ja noch auf dem Tisch."

„Nun sagt bloß, daß ihr unser Tagebuch verschusselt habt!" rief Hanni entrüstet. „Immer wieder haben wir euch beschworen, es zu hüten. Wer hat es liegen gelassen?"

„Ja, ich dachte . . .", fing Jenni an.

„Du dachtest . . . und Nanni dachte auch. Falsch gedacht habt ihr und nicht richtig hingeguckt. Das Tagebuch ist also futsch. Was draus entsteht, merkt ihr ja schon. Wahrscheinlich hat Angela es gefunden. Ausgerechnet Angela!"

„Es ist wirklich zum Haarausraufen", rief Carlotta, und Bobby stöhnte bloß: „So ein Jammer!"

Trotzdem suchten sie noch einmal an allen Stellen, wo das Buch vielleicht liegen konnte – es blieb verschwunden.

Nun ist sogar Nanni verschwunden!

Marianne hatte als Sport eine Schnitzeljagd angesetzt.

„Schnitzeljagd zu Fuß", spottete Carla, denn eigentlich müssen ja Reiter die „Füchse" jagen.

„Mit bunten Schnitzeln", schrieb Marianne ans Schwarze Brett „damit sie auch dort erkannt werden, wo vielleicht noch ein paar Schneeflecke zurückgeblieben sind. Aufbruch Samstagmittag um eins, Schluß gegen drei. Spätestens halb vier müssen alle wieder in Lindenhof sein. Vergeßt also nicht, eure Uhren mitzunehmen!"

„Oh, das ist großartig", sagte Nanni zur Schwester, „es geht bestimmt zum Jagdschlößchen Braunfels. Dorthin will ich schon längst einmal."

„Was du nur mit diesem Schlößchen hast!" meinte Hanni. „Du erwähnst es neuerdings oft."

„Ja, und jedesmal, wenn ich hingehen will, hast du etwas anderes vor. Aber diesmal klappt es, du wirst sehen!"

Dabei nickte sie Gina Garibaldi zu, die ganz in der Nähe stand.

„Wenn die Richtung aber nicht stimmt und die Schnitzel in eine andere führen?“ fragte Gina.

„Dann benutze ich die Gelegenheit zu einem Extra-Ausflug“, antwortete Nanni unbekümmert. „Aber verlaß dich drauf: es wird über Braunfels gehen.“

Pünktlich um ein Uhr standen am Samstag alle bereit. Die „Füchse“ – drei Mädchen aus der vierten Klasse, die sich im Gelände gut auskannten – waren eine halbe Stunde vorher losgelaufen. Jede trug einen großen Beutel mit bunten Papierschnitzeln um den Hals. Zuerst war die Spur deutlich zu erkennen, und die „Jäger“ liefen los. Bald trennten sie sich aber, entweder weil sie verschieden schnell liefen oder weil sie sich an Weggabelungen über die Richtung nicht einig wurden. Denn die „Füchse“ hatten natürlich versucht, ihre „Jäger“ ein wenig in die Irre zu führen.

„Es werden nur breite Wege benutzt“, hatte Marianne gesagt. So hatte Fräulein Theobald es ausdrücklich verlangt, ebenso, daß alle spätestens um drei den Rückweg nach Lindenhof antraten, gleichgültig, ob sie einen „Fuchs“ gefangen hatten oder nicht.

Hanni und Nanni waren den anderen schnell aus den Augen gekommen. Sie lagen bei allen Rennen immer weit vorn. Hanni konnte noch etwas besser laufen als Nanni und sauste los.

Die Füchse waren schlau und fix, keiner wurde gefangen.

Von drei Uhr an trafen die „Jäger“ nacheinander wieder in Lindenhof ein. Die Hausmutter wartete schon mit heißem Tee und leckeren Waffeln auf sie.

„Alle da?“ fragte sie Punkt halb vier.

„Alle“, antworteten die paar Mädchen, die schon im Eßraum waren.

„Dann ruft die anderen!“

*

Im Eßraum sah Hanni sich nach der Schwester um. „Wo ist Nanni?“ fragte sie Bobby und Hilda, die ihr gegenüber saßen.

„Wieso? Seid ihr nicht zusammen gekommen?“

„Nein. Wir waren die meiste Zeit zusammen. Dann sah ich Betsy Moser, die ja ein Fuchs war, und legte Tempo drauf. Seitdem habe ich Nanni nicht mehr gesehen.“

Das war eine böse Überraschung! Wo war Nanni nur geblieben?

Hanni sagte Marianne Bescheid, und Marianne meinte: „Ich muß es Fräulein Theobald melden.“

„Kannst du nicht noch ein bißchen warten?“

„Aber seht doch hinaus: es ist schon ganz dämmerig“, mahnte Hilda. „Wir müssen sofort Bescheid sagen.“

Marianne ging hinaus, Hanni lief mit. Ihr war plötzlich bange geworden. Nanni hielt sich sonst doch stets dicht hinter ihr. Hatte sie sich diesmal verlaufen?

„Ob sie doch nach Braunfels gelaufen ist?“ fragte Elli, die zufällig das Gespräch der Zwillinge angehört hatte. Sie war auch mit hinausgegangen, um zu hören, was mit ihrer Kusine Nanni sein mochte.

„Unsinn“, antwortete Hanni kurz auf ihre Frage.

Draußen wurde es immer dunkler. Fräulein Theobald sorgte dafür, daß der Hausmeister, zwei der jüngeren Lehrerinnen — Fräulein Jenks und Fräulein Roberts — mit ein paar Schülerinnen der sechsten Klasse möglichst schnell aufbrachen, um Nanni zu suchen. Sie bestimmte selber, welche Mädchen mitgehen sollten: die ruhige und gescheite Hilda, Marianne, die sich als Sportwartin besonders verantwortlich fühlte, und schließlich Bobby und Carlotta, beides mutige und kräftige Mädchen — und natürlich Hanni. Der Hausmeister begleitete den Trupp mit dem Fahrrad.

Alle hatten Laternen dabei, dazu ein paar Mittel zur Erfrischung und Erwärmung, falls Nanni erschöpft war. Alle nahmen an, daß sie sich verlaufen hatte, und sie gingen zunächst zu der Stelle, an der Hanni die Schwester bestimmt noch dicht hinter sich gesehen hatte. Von dort verteilten sie sich in die verschiedenen Richtungen.

„Aber wir dürfen uns nicht auch noch verlieren“, sagte Fräulein Roberts. „Deshalb schlage ich vor, daß wir nicht bloß nach Nanni rufen, sondern auch uns selbst immer rufen und antworten.“

„Ist es nicht gut, wenn wir eine Zeit verabreden, wann wir uns wieder hier treffen?“ fragte Hilda.

„Richtig“, meinte Fräulein Jenks, „sagen wir in einer halben Stunde, also halb fünf.“

„Ja! Wir vergleichen am besten unsere Uhren. Jetzt ist es genau drei Minuten nach vier. Haben Sie auch Ihre Uhr dabei, Herr Wilkens?“ fragte Fräulein Jenks den Hausmeister, der bis dahin stumm neben ihnen hergewandert war und sein Fahrrad geführt hatte.

„Klar!“ brummte er auf ihre Frage.

„Also los!“

In der Schule herrschte eine Riesenaufregung, nachdem die Suchgruppe aufgebrochen war. Die Zurückgebliebenen saßen im Eßraum und tranken ihren heißen Tee. Aber die knusprigen Waffeln, die die Hausmutter auf den Tisch gestellt hatte, rührten die meisten gar nicht an.

Was war nur geschehen? Fast alle Mädchen in der Schule, auch die aus den unteren Klassen, mochten die Zwillinge gern. Sie waren nicht bloß lustig und machten jeden Spaß mit, sondern sie ließen auch niemals eine im Stich.

„Hanni war ganz blaß“, meinte Friedel Kraus aus der Vierten.

„Wundert dich das? Die Zwillinge sind ja sonst unzertrennlich“, sagte ihre Freundin Usch.

Mamsell jammerte: „Die gute Nanni! Ob sie durch den Wald irrt, das arme Kind? Wo die vielen wilden Tiere sind, Hirsche und Mäuse und Käfer und Spinnen?“

Wäre es ihnen allen nicht sehr bange ums Herz gewesen, dann hätten sie sich gewiß halb krank gelacht. Mamsell, die vor jedem Regenwurm davonrannte, die hätte sich bestimmt entsetzlich gegrault!

„Die wilden Mäuse!" Ein paar kicherten wirklich. Aber sie sahen sich erschrocken um, ob keine andere das gemerkt hatte.

Die Mädchen der Sechsten waren besonders kleinlaut. Nur Angela konnte eine boshafte Bemerkung nicht unterdrücken.

„Natürlich muß so etwas ausgerechnet mit einer von den Zwillingen passieren", sagte sie zu Elli. „Die müssen sich immer hervortun, die albernen Gänse!"

„Du bist ein ganz boshaftes Geschöpf, Angela", antwortete Elli merkwürdig ruhig. „Noch nicht einmal in einer solchen Lage bringst du einen Funken von Mitgefühl für andere und ihre Sorgen auf."

Auf Gina achtete niemand. Und doch befand sich die junge Italienerin in heller Aufregung, die sie mühsam unterdrückte. Sie war längst nicht mehr „die Neue". Seit dem Konzert in Neuenburg gehörte sie richtig zur Klasse. Doch am meisten zusammen war sie mit den Zwillingen und mit Hilda. Von den dreien war nun keine da. Gina fühlte sich deshalb wieder einmal sehr einsam.

Gina dachte daran, wie Nanni sie gerade am Tag vorher so richtig freundschaftlich untergehakt hatte, als sie mittags zum Essen gingen. Hilda und den Zwillingen verdankte sie es ja in erster Linie, daß sie sich nicht mehr fremd fühlen mußte. Deren Freundinnen auch, gewiß, doch diesen dreien besonders.

Und Gina faßte einen Entschluß: Sie verließ unbemerkt den Raum, holte aus dem Zimmer der Zwillinge einen warmen Mantel, zog ihren Anorak an, suchte im Keller nach dem Rad, mit dem die Mädchen manchmal zur Stadt fuhren — und zog los.

Sie dachte dabei an etwas Besonderes: Bei ihr hatte Nanni das Bild von Schloß Braunfels gesehen, das ihr so gefallen hatte. Gina hatte in der Stadt eine bunte Postkarte mit dem Bild des Schlosses entdeckt und gekauft.

„Sieh mal", hatte sie zu Nanni gesagt, „fast genauso ein castello gibt es in meiner Heimat. Gefällt es dir?"

Nanni hatte genickt und die Karte betrachtet. „Aber dieses Schloß steht doch hier in der Nähe!"

„Gewiß!" hatte Gina geantwortet. „Es ist nur ähnlich wie das bei uns. Und ich muß immer an meine Heimat denken, wenn ich diese Karte sehe."

„Weißt du was, Gina", hatte Nanni daraufhin versprochen, „wir beide gehen einmal nach Braunfels."

Kurz danach hatte sie ihr auf der Karte den Weg nach Braunfels gezeigt. „Am nächsten freien Tag gehen wir mit Hanni hin", hatte sie ihr noch einmal versprochen. „Und bei dem Waldlauf schaue ich mir gleich die Wegschilder an, damit ich mich auskenne."

So war es gewesen. Und nun ist sie gewiß nach dem castello gegangen! dachte Gina, und hat sich verirrt. *Meinetwegen!*

Gina hatte weiter keinen Anhaltspunkt, als daß Nanni ihr gezeigt hatte: „In dieser Richtung muß Braunfels liegen."

Dorthin radelte sie nun.

Der Weg war holperig, er ging über Baumwurzeln und ausgefahrene Rinnen. Zum Glück brannte die Radlaterne hell. Gina fuhr, so schnell sie konnte. Rutschig war es auch, nachts gab es immer noch leichten Frost.

Manchmal raschelte es in den dürren Zweigen. So wurde es immer in Büchern beschrieben, wenn jemand durch einen Wald flüchtete. Hu, wie würde ich mich da graulen! hatte Gina dann immer gedacht, wenn sie es las. Nun fuhr sie ganz allein durch den Wald.

Da kam ein Wegweiser. Gina stieg ab und sah nach.

„Braunfels" stand dran und dahinter: „15 Minuten".

Erleichtert fuhr sie weiter. Sie brauchte mit dem Rad weniger Zeit. Dort stand das Schlößchen.

Aber sie kümmerte sich nicht darum. Sie rief nur immer wieder: „Nanni, hallo, Nanni!" und klingelte dazu mit der Radglocke.

Dort war noch ein Weg! Sie fuhr ein Stück hinein, blieb stehen, rief und klingelte. „Hallo, Nanni!"

„Ja, hallo, hier!"

NANNI! Gina fuhr schnell in die Richtung, aus der dieser Ruf kam, rief wieder und horchte auf die Antwort. Dann entdeckte sie Nannis hellen Anorak und sah Nanni winken. So ein Glück!

„Ach Gina", sagte Nanni glücklich, „wie schön, daß du da bist!"

„Hast du dich verlaufen?"

„Eigentlich nicht. Da vorn steht Schloß Braunfels. Aber gestolpert bin ich und hingefallen. Ich komme beim besten Willen nicht wieder hoch."

„Hast du dir etwas gebrochen?"

„Wenn ich das wüßte! Das linke Bein tut abscheulich weh. Außerdem friere ich."

„Ich habe deinen Mantel dabei. Komm, ich helfe dir ein bißchen auf. Schlüpfst du in die Ärmel? So . . . erst in den linken, nun in den andern. Fein!"

„Aber aufstehen kann ich nicht."

„Wart es ab! Ich helfe dir." Gina beugte sich nieder. „Leg mir die Arme um den Hals und halte dich fest! Nun paß auf!" Sie griff kräftig zu, zog und zog, bis Nanni aufrecht stand – wenigstens auf dem rechten Fuß. „Versuche mal, mit dem linken Fuß aufzutreten!"

„Ja . . . ach . . . nein, das tut viel zu weh. Ich habe gar keine Kraft in diesem Fuß."

„Hm . . . ob du auf das Rad hinaufkommst?"

Gina sah sich um und zog Nanni ein Stück weiter – humpelnd auf einem Fuß kam Nanni vorwärts. „Halte dich an diesem Baum fest. Ich bringe das Rad her."

Lange, lange dauerte es, bis Nanni im Sattel saß. Die zierliche Gina hatte viel Kraft, wenn es drauf ankam! Sie versuchte, das Rad zu schieben. Das war schwer.

„So geht es nicht", sagte Nanni schließlich. „Bitte hole Hilfe."

Nun erst kam Gina dazu, von der Suchgruppe zu berichten, die unterwegs war.

„Weißt du was, Gina", schlug Nanni vor, als sie das hörte, „du setzt mich hier ab – an dem dicken Eichenstamm vielleicht, der dort auf der Erde liegt – und fährst auf diesem Weg weiter. So bin ich hergegangen. Dann triffst du die anderen bestimmt und holst sie her."

„Aber du frierst so erbärmlich. Ich merke ja, wie du zitterst."

„Das spielt jetzt keine Rolle. Bitte mach es, wie ich sage."

Gina gehorchte. Was Nanni vorschlug, war wohl das klügste!

Trotzdem kehrte sie noch einmal um, zog ihren Anorak aus und breitete ihn über Nannis Sitz aus.

Gina sah Nannis hellen Anorak

Nach kurzer Zeit sah sie Lichter durch den Wald huschen und hörte Stimmen. Sofort machte sie sich bemerkbar.

Sie traf zuerst auf Fräulein Jenks. Die verständigte die anderen. Vor allem war der Hausmeister bald zur Stelle. Mit ihm kehrten sie zu Nanni zurück.

Von da ab war alles ein Kinderspiel. Nanni wurde auf das Rad des Hausmeisters gesetzt und nach Lindenhof halb geschoben, halb getragen. Fräulein Roberts suchte die gesamte Gruppe und schickte sie schleunigst nach Lindenhof zurück.

Gina bekam den Auftrag, vorauszuradeln und einen Arzt anzurufen.

Gegen sechs waren alle wieder im Internat. Eine halbe Stunde später traf auch der Arzt ein.

Eine arge Verstauchung, war sein Befund. „Vierzehn Tage absolute Ruhe und auch danach noch Schonung. Das Bein muß gekühlt werden. Hochlagern!“ Er fügte hinzu: „Die junge Dame braucht vor allem etwas zum Aufwärmen, die andere vielleicht auch.“

„Selbstverständlich, Gina vor allem!“ krächzte Nanni, bei der sich die Erkältung schon meldete. „Sie hat mir sogar ihren Anorak gegeben.“

Gina! Wo war sie hingeraten?

Nach dem Anruf beim Arzt hatte sie zunächst einmal das Rad wieder an seinen Platz gebracht und war dann auf ihr Zimmer gegangen. Dort hatte sie aber nicht lange Ruhe. Die Direktorin selber schaute nach ihr und brachte sie zur Krankenstation. Nanni war schon versorgt und wohlgeborgen. Hanni und ein paar andere saßen an ihrem Bett.

„Heute nacht wirst du auch hier schlafen, Gina“, erklärte die Hausmutter. „Da brauche ich nicht ständig hin und her zu rennen, um euch zu kurieren.“

„Ich bin doch gar nicht krank!“

„So sicher möchte ich das nicht behaupten. Wie leicht kannst du dich erkältet haben – bei dieser Temperatur ohne Anorak!“

Als Gina am anderen Tag zum Mittagessen erschien, wurde sie allgemein angestaunt, vor allem von den unteren Klassen, denen ihr Mut sehr imponierte. Einfach so allein in den Wald zu fahren – das war doch sehr tapfer!

Fräulein Theobald hatte längst mit ihr gesprochen und nachträglich ihre eigenmächtige Suche gebilligt. Ohne Gina hätte Nanni gewiß noch eine Weile weiter frieren und sich sorgen müssen. Sie hatte Gina sogar sehr gelobt.

Nanni freilich bekam den Vorwurf zu hören: „Solche Extratouren bei einem gemeinsamen Spiel darf man sich nicht leisten. Sie bringen nur Unannehmlichkeiten für den Betreffenden selber und für andere. – Aber das spürst du ja nun am eigenen Leibe“, setzte Fräulein Theobald lächelnd hinzu. „Da wollen wir es vergessen. Ich glaube, es ist genug Strafe, daß du nun eine Weile stilliegen mußt.“

Sie bekam eine ähnliche Strafpredigt noch ein paar Mal zu hören – von Marianne, von Hilda und besonders von Hanni.

Die Schwester wartete eine Zeit ab, als sie mit Nanni allein im Zimmer war. Dann aber bohrte sie, bis Nanni alles erzählte.

„Mir tat Gina oft leid, weil sie doch immer noch großes Heimweh hat", sagte sie zur Entschuldigung.

Hannis Herz war genauso weich wie das der Schwester, und sie verstand Nanni.

„Hättest mir eben gleich Bescheid sagen sollen", meinte sie schließlich. „Geheimnisse vor seinem Zwilling – das gehört sich nicht. Du siehst jetzt, was dabei herauskommt!"

Nanni brauchte nicht sehr lange in der Krankenstation zu bleiben. Ihre Erkältung wurde gründlich auskuriert, darauf bestand die Hausmutter.

„Das könnte dir so passen, die anderen anzustecken!" neckte sie Nanni. „Ich sitze dann mit einem ganzen Verein krächzender Mädchen da. Nein, du bleibst hier, bis du nicht mehr hustest und nicht mehr niest!"

Nach einigen Tagen wurde Nanni in einen Rollstuhl gesetzt, der irgendwo in der Ecke von Lindenhof gestanden hatte, und in ihr Zimmer gefahren. Von da ab konnte sie auch wieder an den Schulstunden teilnehmen.

Natürlich waren die Eltern der Zwillinge erschrocken, als sie von Nannis Unfall erfuhren.

„Soll ich kommen?" fragte die Mutter sofort telefonisch.

Aber Hanni, die mit ihr sprach, wehrte ab:

„Mutti, das ist wirklich nicht nötig. Wir freuen uns mächtig, wenn ihr kommt, aber es ist doch sehr umständlich für dich. Zum Klassenabend bist du doch hier, nicht wahr? – Bestimmt? – Und Vati vielleicht auch? Na also, da bleib jetzt ruhig zu Hause. Grüße Vati schön. Und keine Sorge um Nanni."

Das ungefähr sagte auch Fräulein Theobald, mit der Herr Sullivan am Abend telefonierte. So blieben die Eltern daheim. Aber es kam ein Paket voll guter Sachen – „Für ausgestandene Schrecken!" Und noch eine extragroße Packung feinster Pralinen lag darin mit dem Vermerk: „Für Gina — Nannis tapfere Retterin!"

Die Spatzen überlegten: Sollten sie Gina in ihren Klub aufnehmen? Sie hatte doch eine von ihnen gerettet! Außerdem entpuppte Gina sich immer mehr als freundliche Kameradin. Viel fröhlicher war sie nun als in der ersten Zeit, manchmal trällerte sie sogar ein italienisches Lied, und das klang immer besonders hübsch.

Verdacht auf Angela

Nur, wenn die sieben Spatzen an das Tagebuch dachten, waren sie ein bißchen gedrückt. Am wenigsten nahm sich Claudine die Sache zu Herzen.

Irgendeine von den anderen — oder auch mehrere — wußten nun mal Bescheid, dachte Claudine; wozu sich da noch lange aufregen?

„Ihr dürft euch den Ärger nicht anmerken lassen", sagte sie, als der Klub wieder einmal mit trüben Gesichtern zusammensaß und bei der ganzen Sitzung nichts, aber auch gar nichts zustande kam.

„Das kannst du nicht verstehen, Claudine", sagte Hilda ruhig. „Du bist erst später nach Lindenhof gekommen. Da hast du manches nicht erlebt, was wir auch mit Marianne und Carla und Elli und Doris zusammen erlebt haben. Die werden enttäuscht sein, wenn sie erfahren, daß wir ein Geheimnis vor ihnen haben."

Claudine zuckte mit den Schultern. „Da hättet ihr mich eben nicht aufnehmen dürfen!"

„Nun sei doch nicht so empfindlich!" rief Jenni. „Carlotta ist auch erst später gekommen. Wir mögen euch eben besonders gern."

„Lieb von euch! Aber gerade deshalb sollt ihr euch nicht ärgern."

„Wenn wir bloß wüßten, wer das Tagebuch hat", sagte Nanni immer wieder. „Angela kann es nicht sein. Ich habe Elli alles erzählt, sie ist ja unsere Kusine und hält zu uns. Sie meint, es wäre ausgeschlossen. Sie hätte es merken müssen, weil sie doch mit Angela in einem Zimmer wohnt. Übrigens sprechen die beiden kaum noch zusammen. Aber das Tagebuch hat sie gewiß nicht."

Ja, wer hatte es dann?

Die Zettel am Schwarzen Brett waren schon eine Weile nicht mehr aufgetaucht. Um so empörter und erstaunter waren die Spatzen an dem Tag, als zum ersten Mal vom nächsten Klassenabend die Rede war. Da hing am Brett ein roter Zettel, auf dem stand in Maschinenschrift:

„Wem fehlt Festkleidung zum Klassenabend? Bei Bedarf liefern wir alles, besonders gern an ‚fahrende Leute'.

Vorrat haben in Masse
die Spatzen der sechsten Klasse."

„Und es ist *doch* Angela!" rief Carlotta empört. „Wißt ihr wirklich nicht mehr, wie sie es früher getrieben hat? Sie ist und bleibt ein boshaftes Geschöpf. Und neulich hat sie auch von einer Zigeunerin geredet."

Sie sauste mit Hanni hinaus und riß das Schild ab. Hoffentlich hatte Gina es nicht gelesen! Es sah nun wirklich so aus, als ob Angela hinter der ganzen Sache steckte.

„Wollten wir uns nicht ursprünglich Spürnasen nennen?" fragte Bobby. „Nun müssen wir zeigen, was wir können!"

„Da scheint es mir richtig, Angela direkt zu fragen", sagte Hilda. „Wir werden ja erleben, was sie antwortet und wie sie sich benimmt."

Hilda und Carlotta nahmen den roten Zettel und gingen in Angelas Zimmer. Sie war allein.

„Was verschafft mir diese hohe Ehre?" begrüßte Angela die beiden.

„Kennst du diesen Wisch?“ Carlotta hielt Angela den roten Zettel unter die Nase.

„Nein.“ Angela warf nur einen flüchtigen Blick darauf. „Was ist damit?“

„Hast du ein Tagebuch gefunden, mit Eintragungen von Nanni und Jenni?“

„Was sollte ich damit anfangen? Tagebuch – das ist doch Kinderkram.“

„Aber hier ist eines verschwunden.“

„Hättet ihr eben besser aufpassen sollen!“

„Damit hast du allerdings recht. Doch was geschehen ist, läßt sich nicht ändern. Wir möchten bloß verhindern, daß noch mehr Unfug damit getrieben wird. Du hast es bestimmt nicht?“

„Ihr bringt mich zur Weißglut! Wenn ich euch sage, ich habe es nicht, dann laßt mich gefälligst in Frieden!“

„Hm ... kannst du uns vielleicht verraten, was eine Bemerkung auf dem roten Zettel über gepumpte und geschenkte Kleider bedeutet?“

„Keine Ahnung.“

„Das sollen wir dir glauben?“ rief Carlotta.

„Erlaube mal ...“

„Entsinnst du dich noch, wie du Carla mal eine Vorlesung über logisches oder folgerichtiges Denken gehalten hast?“ fragte Carlotta. „Damals hast du eine Bemerkung über Gina gemacht und sie als halbe Zigeunerin bezeichnet. Erinnerst du dich?“

Die Röte stieg Angela ins Gesicht. „Und nun findet ihr es schändlich, daß ich die Heldin von Lindenhof verspottet haben soll, nicht wahr?“

„Ach Angela, an wem du deine böse Zunge gerade ausprobierst, ist wurscht. Wir wollen wissen, woher du die Geschichte mit dem Festkleid kennst.“

Angela zuckte die Achseln.

„Die hat mir jemand erzählt. Aber wer es war, weiß ich nicht mehr“, antwortete Angela bestimmt.

Ein Päckchen lag vor der Tür: das Tagebuch!

Hilda und Carlotta waren inzwischen fest überzeugt, daß Angela die Wahrheit sagte. Jetzt kam es darauf an, herauszukriegen, wer da so böse geschwatzt hatte.

Am nächsten Morgen lag früh ein Päckchen vor dem Zimmer der Zwillinge. Hanni entdeckte es und löste die Verschnürung. Sie fand – das Tagebuch!

„Nanni, Nanni!", rief sie. „Das Tagebuch ist wieder da!" Sie warf es der Schwester aufs Bett.

Ja, es war wieder da. Aber wie sah es aus! Ganz entsetzt blätterte Nanni darin. Da hatte jemand in Druckbuchstaben – damit die Schrift nicht zu erkennen war – viele Bemerkungen gemacht.

„Huch, wie reizend!" – „Das sind keine Spatzen, das sind Gänse!"

Als Jenni die Geschichte aufgeschrieben hatte, wie Gina von Carlotta einen Rock und von Claudine eine Bluse bekam, stand am Rand: „Wie edel! Wie großzügig! Die Sachen paßten wohl nicht ganz?“ Auf die nächste Seite war das Bild einer Zigeunerin geklebt, und darunter stand: „Fremde Sachen stehen mir gut!“

„Und es war *doch* Angela!“ rief Bobby an dieser Stelle, als am Nachmittag alle sieben Spatzen sich bei den Zwillingen versammelt hatten und gemeinsam das Tagebuch durchblätterten.

„Jetzt hilft es nichts“, sagte Hilda energisch. „Wir müssen Farbe bekennen. Ich bin dafür, wir sprechen morgen im Gemeinschaftsraum mit der ganzen Klasse.“

Am nächsten Vormittag lag über der Klasse eine Stimmung wie auf dem Feld draußen vor einem Gewitter: Man wußte nicht, an welcher Ecke es losbrechen und ob es einschlagen würde. Marianne wollte einen Spaziergang ansetzen, aber es fing an zu regnen; es war noch dazu ein ungemütlicher Regen, halb Wasser, halb Schnee.

Doris blieb mitten in der Aufgabe stecken, als sie an der Tafel vorrechnen sollte. Fräulein Körner sagte bissig: „Diese Aufgabe hast du in der letzten Arbeit einwandfrei gelöst – allein oder abgeschrieben?“

Jenni hatte die Übersetzung für Mamsells Stunde nur halb gemacht.

Anneliese und Beate waren sich gerade an diesem Morgen darüber in die Haare geraten, wer das Zimmer aufräumen mußte, und Elma war halbverhungert vom Frühstückstisch aufgestanden.

Kurz, es gab mürrische Gesichter, wohin man blickte. Der Tag fing gut an!

Daß die Hausmutter ausgerechnet Linsen mit Speck auf den Tisch brachte – ein Gericht, das die meisten nicht mochten –, hob die Stimmung keineswegs. Doch als Angela widerwillig auf ihren Teller schaute und etwas von „Arme-Leute-Essen“ murmelte, rief Bobby:

„Paßt dies Essen unserer Baroneß etwa nicht? Linsen stärken das Gehirn, also iß!“

Richtig verkorkst war dieser Tag.

Und nun stand Hilda auf und sagte zur Klasse: „Bitte kommt nach dem Essen alle in unseren Gemeinschaftsraum!“

Sie trafen sich dort also wieder und warteten verwundert, was Hilda von ihnen wollte.

Hilda begann: „Ein paar von uns – ich gehöre auch dazu – haben nach den Weihnachtsferien einen Klub gegründet. Wir sind wirklich nur ein paar, und ihr anderen nehmt es hoffentlich nicht krumm, wenn wir euch bisher nicht eingeladen haben, beizutreten. Darüber sprechen wir später, wenn unser Klub fester auf den Beinen steht ...“

„Fester als Nanni jetzt“, warf Jenni dazwischen, damit wenigstens einmal gelacht wurde.

Aber die anderen waren viel zu gespannt, was noch kam, und beachteten Jennis Einwurf nicht. Dafür fragte Carla: „Was macht ihr denn in eurem Klub?“

Das war das rechte Stichwort für Hilda!

„Im Augenblick spielen wir Detektive. Stellt euch vor: Eines Tages war unser Tagebuch verschwunden. Einfach weg! Zugegeben, ein paar von uns hatten nicht aufgepaßt. Aber wenn da so ein äußerlich ganz gewöhnliches Heft liegt – wer schaut hinein und wer nimmt es weg? Wir haben das Heft gestern zurückbekommen. Jemand hat viel hineingeschrieben, alle möglichen Bosheiten. Wir wissen bloß nicht, wer es war, und möchten es gern herausbekommen. Bitte helft uns! Wer das will, dem zeigen wir das Tagebuch. Vielleicht findet er einen Hinweis!“

Hilda sagte wohlweislich nichts von der Geschichte mit Gina. Sie wollte nicht, daß die Italienerin davon erfuhr. Hinterdrein wäre es ihr vielleicht noch peinlich gewesen. Und von allein würde sie gewiß nicht in das Tagebuch schauen. Sie kannte ja die einzelnen viel zu wenig, um den Schmierfinken zu erkennen.

Die anderen schwiegen zunächst verwundert. Dann sagte Carla: „Darf ich es mal sehen?"

„Natürlich, gern!" Hilda ließ sich das Heft von Nanni reichen.

Nanni beobachtete von ihrem Rollstuhl aus die Mienen gespannt.

Wie durch Zufall schlug Hilda die Stelle von der Gina-Geschichte auf. Carla las den Text, sah das Bild, gab das Tagebuch an Hilda zurück und sagte laut:

„Ihr braucht gar nicht weiter zu suchen. Angela war es."

„Was?" Angela fuhr auf, wie von der Tarantel gestochen. „Ich . . . was soll ich getan haben?"

„Das Tagebuch geklaut und vollgeschmiert."

„Ihr seid nicht bei Troste. Kann ich euer kostbares Tagebuch mal sehen?"

„Gewiß. Hier ist es!"

Diesmal suchte Hilda deutlich die Seite mit der Gina-Geschichte aus.

Angela las alles genau, betrachtete die boshaften Randbemerkungen und das ebenso boshafte Bild. Kreideweiß war sie, als sie das Tagebuch schloß und an Hilda zurückgab.

„Jetzt begreife ich, warum ihr mich neulich fragtet. Ich kann trotzdem nur sagen: Ich war es nicht!"

Die übrige Klasse hatte alles stumm beobachtet. Jetzt wollten sie natürlich mehr wissen und auch in das Tagebuch hineinschauen.

Aber Hilda meinte:

„Ich glaube nicht, daß es Zweck hat. Carla hat uns bestätigt, was wir selber vermuteten. Sie hat einmal eine böse Bemerkung von Angela gehört, eine Bemerkung, die genau zu dem Tagebuch paßt. Seid nicht böse, wenn ich nichts weiter sage, es könnte sein, daß wir jemand anders damit kränken."

Sehr zufrieden war die Klasse nicht. Aber Hildas Wort galt so viel, daß keine etwas dagegen sagte.

Die Spürnasen

Zwei Folgen hatte diese Klassenbesprechung: Angela half den Spatzen bei ihren Nachforschungen, und – in Lindenhof setzte ein Klubfieber ein!

Angela war tief betroffen über den Verdacht, den nun auch Carla ausgesprochen hatte. So schlecht war ihr Ruf? Das ging ihr gegen die Ehre. Sie grübelte und grübelte, wo sie die Bemerkung über Gina einmal aufgeschnappt hatte.

„Hilda, darf ich dich mal kurz sprechen?" fragte sie am nächsten Tag.

„Natürlich, Angela. Um was geht es denn?"

„Um euer Tagebuch und die Sache mit Gina. Irgend jemand hat mir erzählt: ‚Die Neue, die ist wohl mächtig abgerissen nach Lindenhof gekommen. Sie hat kaum etwas Vernünftiges anzuziehen.' Aber wer das war, kann ich noch immer nicht sagen. Hältst du es für möglich, daß es eine aus der zweiten Klasse war, als sie mir einmal im Zimmer geholfen hat?"

„Schon möglich. Wer kommt denn zu dir?"

„Ach, das wechselt. Die Mädchen sind ja gar nicht immer sehr hilfsbereit. Ich habe schon ein paarmal welche wegschicken müssen ..."

„Na na, Angela", unterbrach sie Hilda. „Ob das nicht auch an dir liegt? Wir haben ja früher schon einmal darüber gesprochen."

Das hörte Angela gar nicht gern, und sie redete schnell weiter: „Kann man nicht feststellen, wer bei mir war, als das Tagebuch verlorenging?"

Hilda hob überrascht den Kopf.

„Du, das ist eine großartige Idee. Ich spreche mit den anderen. Wir kriegen es schon raus. Unternimm du einstweilen gar nichts."

Für Angela war es eine schlimme Zeit. Wenn es den meisten aus der Klasse auch gleichgültig war, daß der Klub sich über irgend etwas ärgerte, so dachte manche doch: Echt Angela! Da hat sie wieder einmal ihr wahres Gesicht gezeigt! Und alle rückten von ihr ab.

Die Spatzen griffen Hildas Vorschlag, der ja eigentlich Angelas war, schnell auf. Sie versuchten festzustellen, wer damals in Angelas Zimmer aufgeräumt hatte. Das fingen sie sehr schlau an: Claudine sprach mit ihrer Schwester Antoinette. Die rief ihre Klasse zusammen und sagte:

„Wir müssen einmal aufschreiben, wer von uns bei den Großen gearbeitet hat. Es muß ja gerecht zugehen, keine darf zuviel tun, und keine darf sich drücken."

Sie machten einen Plan; darauf standen die einzelnen Zimmer verzeichnet, und jede schrieb ein, wann sie bei wem gearbeitet hatte. Das war nicht immer ganz leicht. So gut erinnerten sie sich nicht. Aber sie gaben sich Mühe und hatten endlich ihre Aufstellung fertig.

Antoinette brachte sie zu Claudine, und die Spatzen stürzten sich darauf. Sie verglichen den Tag: Brigitte Mohn mußte damals drei Tage lang zu Angela gehen. Der konnte man schon eine Gemeinheit zutrauen!

Aber sie wollten sicher gehen. Noch einmal mußte Antoinette helfen.

„Wie kommen wir zu einer Schriftprobe von Brigitte?" fragte Hilda. „Sie muß aber in Druckbuchstaben sein."

„Furchtbar einfach", erklärte Antoinette. „Auf ihren Heften steht doch ihr Name, und um was für ein Heft es sich handelt, in Druckbuchstaben. Ich bringe euch zwei oder drei."

Kein Zweifel: Brigitte Mohn hatte die Eintragungen im Tagebuch gemacht!

Es wurde eine Klubsitzung einberufen, diesmal in Hildas Zimmer, denn Nanni war ihren Rollstuhl inzwischen wieder los. Sie luden Angela ein, teilzunehmen, und riefen Brigitte herauf.

Die kam ahnungslos, wurde aber sehr verlegen, als sie die Mädchen versammelt fand. Sie wußte ja nur zu gut: Das war der Klub! Dann entdeckte sie das Tagebuch mitten auf dem Tisch, und nun wurde sie blaß. Also wußten sie alle Bescheid!

„Weshalb wir dich hergerufen haben, weißt du", begann Hilda. „Dein Gesicht spricht Bände. Aber du mußt uns zweierlei erklären: Erstens, wie hast du das Tagebuch gefunden, und zweitens, hast du den Verdacht wissentlich auf Angela gelenkt und warum?"

Brigitte schwieg.

„Also los!" drängte Bobby. „Wie bist du an das Tagebuch gekommen?"

„Das lag im Arbeitsraum."

„Und du schaust einfach in ein Heft, das dort liegengeblieben ist, stöberst drin herum und behältst es?"

Was sollte Brigitte darauf antworten? Sie schwieg.

„Also schön", fing Hilda von neuem an. „Du hast aber doch versucht, Angela in einen falschen Verdacht zu bringen. Warum?"

„Ich habe ihr zuerst bloß erzählt, daß Gina noch nicht einmal ein anständiges Kleid für das Konzert hatte und deshalb eines geschenkt kriegte. Angela gibt mit ihren schönen Kleidern doch immer so gräßlich an. Sie sagte auch sofort: ‚Das ist wirklich die reinste Zigeunerin'. Ich habe mir nichts dabei gedacht und sogar ein bißchen gelacht. Als ich euch dann durch die Anschläge am Schwarzen Brett aufregen wollte, habe ich ja zuerst auch nichts von einer Zigeunerin gesagt. Aber dann mäkelte Angela wieder an allem herum, was ich für sie getan hatte. Ich konnte ihr nichts recht machen. Da dachte ich: Wenn ich euch nun das Heft zurückgebe und das Bild von der Zigeunerin darunter klebe, schiebt ihr alles auf Angela. Es hatten ja noch mehr Mädchen gehört, daß sie öfter von Gina sagte: die reinste Zigeunerin."

„Unverschämt!" brauste Angela auf.

„Und weiter, Brigitte?“ drängten die anderen.

„Nichts weiter. Ihr habt das Buch ja zurückbekommen.“

„In einem schönen Zustand! Hast du dich auch an uns rächen wollen? Mit den Anschlägen am Schwarzen Brett ebenfalls? Was haben wir dir getan?“

„Ach, ihr ...“ Mehr wußte Brigitte nicht zu sagen.

„Du hast ein schönes Stück Bosheit in dir“, polterte Bobby los.

„Was hast du eigentlich davon?“ rief Carlotta.

„Laßt mich in Ruhe“, antwortete Brigitte. „Ihr braucht euch gar nicht aufzuregen. Ich gehe sowieso weg. Nach Ostern schicken meine Eltern mich in eine andere Schule.“

„Na, das ist ja sehr erfreulich.“ Bobby hätte die freche Brigitte trotzdem am liebsten kräftig durchgeschüttelt.

Aber Hilda schob das Mädchen aus dem Zimmer.

Angela war auch im Begriff zu gehen.

„Seht ihr nun ein, daß ihr mich zu Unrecht verdächtigt habt?“ rief sie. „Ihr seid ja so klug und so erhaben. Wer nicht zu eurem Klub gehört, ist nur ein halber Mensch.“

„So – und wer kommt sich immer ein Stück feiner und edler vor als die andern?“ rief Carlotta erbost. „Das bist doch du, Baroneß Angela!“

Klubfieber

Ein Klubfieber brach in Lindenhof aus – so mußte man es nennen! Als erste beschloß Marianne, einen Sportklub zu gründen. Sie ärgerte sich, daß sie nicht früher darauf gekommen war. So bedeckte eines Tages ein großes Plakat das Schwarze Brett:

„An alle Sportfreunde in Lindenhof!

Jedes Mädchen, das mehr als bisher Sport treiben und

sich in der einen oder anderen Sportart besonders auszubilden wünscht, bitte ich, dem neuen

Sportklub

beizutreten. Gründungsversammlung mit Wahl des Vorstandes am nächsten Donnerstag nachmittag drei Uhr im großen Gemeinschaftsraum. Eingeladen sind die Schülerinnen aller Klassen.

Die Sportwartin
Marianne Urban"

Jetzt erfuhren die unteren Klassen, daß sich inzwischen in der Sechsten schon ein Klub aufgetan hatte. Der Gedanke, Mitglied eines Klubs zu werden, leuchtete vielen ein. Sie besprachen die Sache lange und ernsthaft. Am Donnerstag fanden Marianne und Carla, die als Freundin und Stellvertreterin mit ihr kam, sechzehn Mädchen im Gemeinschaftsraum.

Aus der Sechsten war freilich außer ihnen beiden keine mehr erschienen. Aber von der Fünften waren mehrere da, und die waren ganz bei der Sache.

Babs Richter rief:

„Wer wird Vorsitzende?"

„Marianne natürlich", antwortete Carla.

„Natürlich?" fragte Babs zurück. „Wieso natürlich? Ich schlage Ursel Brenner vor."

„Jawohl, Ursel soll Vorsitzende werden!" riefen ein paar.

„Nein", schrien gleich drei aus der vierten Klasse. „Ellen Jahn soll es werden."

„Also Abstimmung!" rief Marianne. „Carla, mach du es!"

Alle drei Namen schrieb Carla an die große Tafel, die an der Seite hing, und sie fragte jedes einzelne Mädchen, wem es seine Stimme gab. Dann zeichnete sie jedes Mal einen Strich unter den betreffenden Namen.

„Ursel“, „Marianne“, „Marianne“, „Ellen“ ...

Ursel erhielt die meisten Stimmen, Ellen die wenigsten.

„Ursel Brenner ist also die erste Vorsitzende. Nimmst du die Wahl an?“

Carla kannte sich aus, wie eine Wahl vor sich ging! Ursel Brenner nahm die Wahl an.

„Marianne, du hast nur zwei Stimmen weniger. Du bist also zur zweiten Vorsitzenden gewählt. Nimmst du die Wahl an?“

„Nein“, fauchte Marianne, die maßlos enttäuscht war. „Ich bin Sportwartin der Schule, da kann ich weiter kein Amt übernehmen.“

Carla nickte. „Das verstehe ich. Ellen, nimmst du die Wahl zur zweiten Vorsitzenden an?“

Ellen nickte.

Sie wählten nun außerdem noch einen Kassenwart und einen Schriftführer.

„Paß nur auf, daß du deine Schriftsachen behältst“, sagte Marianne bissig. „Es sollen schon Tagebücher verschwunden sein.“

Da lachten alle, denn die ganze Schule wußte ja Bescheid.

Leicht wird Ursel es nicht haben! überlegte Carla. Marianne ist wütend, weil sie nicht erste Vorsitzende wurde. Sie macht Ursel gewiß in Zukunft oft einen Strich durch ihre Pläne.

Noch ein Klub wurde gegründet: der Theaterklub. Anneliese gehörte dazu, Doris und ihre Freundin Petra. Aus anderen Klassen fanden sich ebenfalls vier Mitglieder. Dabei blieb es. Sie wählten keine Vorsitzenden und machten es überhaupt nicht feierlich. Dafür planten sie allerlei Überraschungen für Elternabende, bei denen natürlich Doris für alle Hauptrollen vorgesehen wurde. Eines Tages bat Elli um Aufnahme. Sie kam sich recht verloren vor, nachdem sie mit Angela gründlich zerstritten war.

Mit einem Mal gab es in Lindenhof drei Klubs. „Wir gründen am besten einen vierten Klub", spottete Antoinette, „den Klub der Klublosen."

Die sieben Spatzen aber beschlossen endgültig, Gina als Spatz Nummer acht aufzunehmen. Damit gehörte Gina voll und ganz nach Lindenhof.

Alle für eine

Für den Klub der Spatzen gab es bald eine Gelegenheit, sich zu bewähren.

Langsam rückte Ostern näher, Ostern und die Prüfungen für die nächsten Zeugnisse. Alle hatten tüchtig gearbeitet, und trotzdem graulten sie sich davor. Für die meisten war die Prüfung in Mathematik am schlimmsten. Fräulein Körner verstand in diesem Fach gar keinen Spaß.

„Ein bißchen Nachdenken, ein bißchen Sammlung gehören dazu. Hinterdrein ist es ein Kinderspiel", behauptete sie.

„Das kann bloß jemand sagen, der keine Ahnung von einem Mangel an Begabung hat", stöhnte Jenni. „Wie kann ich mich sammeln, wenn ich vor der Aufgabe Angst habe!"

Fräulein Körner paukte mit ihnen die Regeln, übte alle möglichen Aufgaben, ließ sie die Formeln aufschreiben — sie tat wirklich, was sie tun konnte, um sie gut vorzubereiten. Ja, eines Tages diktierte sie ihnen ein paar Aufgaben, nahm die Lösungen genau durch und sagte zum Schluß:

„Hebt euch das Blatt gut auf und prägt euch alles ein! In der Prüfungsarbeit kommen ganz ähnliche Aufgaben vor. Besorgt euch auch Millimeterpapier für die Zeichnungen."

Das taten sie mit großem Eifer. Inzwischen schrieben sie einen deutschen Aufsatz, eine Übung in Französisch und eine Übersetzung ins Englische. Nur Mathematik stand

Jenni suchte verzweifelt ihren Übungsbogen

noch aus. Also holten sie das Blatt mit den Übungsaufgaben heraus, um sie noch einmal durchzugehen.

Im Zimmer von Bobby und Jenni stand das Stimmungsbarometer auf Sturm.

„Bobby", rief Jenni, nachdem sie ihr Schrankfach um und um gestülpt hatte. „Weißt du, wohin ich meinen Übungsbogen getan habe?"

„Keine Ahnung, Jenni. Findest du ihn nicht?"

„Merkst du nicht, wie ich schon seit einer Stunde verzweifelt danach suche?"

„Was hast du denn damit gemacht?"

„Ja, wenn ich das wüßte! Ach, ich bin erledigt von der Sucherei."

„Das ist doch töricht“, tröstete Bobby. „Schau, ich bin fertig mit den Aufgaben. Du kannst meinen Bogen haben!“

Jenni benutzte also das Blatt von Bobby zur letzten Vorbereitung. Aber es wurmte sie.

Am andern Morgen erinnerte Bobby sie gerade noch an das Millimeterpapier, das sie für die Arbeit brauchten. Jenni hätte es vergessen. Sie fand es wenigstens schnell im Fach, nachdem sie vorher die Schublade ihres Arbeitstisches durchwühlt hatte.

Im letzten Augenblick rutschte sie gerade noch vor Fräulein Körner ins Klassenzimmer. Die Hefte waren schon ausgeteilt. Mit Stöhnen fingen alle an, zu rechnen und zu zeichnen.

Jenni war froh, daß sie drei Aufgaben lösen konnte. Sie begann dann mit einer Zeichnung – aber die Zeit war vorbei. Sie mußten die Arbeiten abgeben.

Zwei Tage darauf bekamen sie sie zurück. Jennis Arbeit behielt Fräulein Körner. Sie fragte: „Jenni, für wie dumm hältst du mich eigentlich? Du konntest deine Unterlagen wohl nicht mehr schnell genug verstecken? Da hast du dir gedacht: Ach, zwischen den leeren Papieren guckt die doch nicht nach. Ich *habe* aber nachgesehen!“

Jenni blickte Fräulein Körner verständnislos an.

„Was für Unterlagen?“ fragte sie.

„Nun verstell dich nicht so!“ Fräulein Körner war so aufgeregt wie selten. „Ich begreife vieles, auch daß Schülerinnen ihre Lehrerin gelegentlich überlisten wollen. Aber solche Lügerei kann ich gar nicht vertragen.“

Die Klasse saß erschrocken und stumm dabei. Was hatte Jenni getan? Gelogen sollte sie haben? Ausgeschlossen – Jenni war die Ehrlichkeit und Aufrichtigkeit in Person. Sie brachte es einfach nicht fertig, zu schwindeln.

Doch Fräulein Körner schnitt alle weiteren Verhandlungen ab. Sie sagte nur noch: „Ich behalte deine Sachen hier und spreche nachher mit der Direktorin. Jetzt Schluß mit dieser unerfreulichen Angelegenheit!“

Sie führte die Stunde zu Ende und streifte Jenni mit keinem Seitenblick. Als es klingelte, war sie im Nu zur Tür hinaus.

Jenni saß wie betäubt. „Was habe ich denn bloß getan?“ fragte sie immer wieder. „Ich begreife einfach nicht, was Fräulein Körner von mir will.“

Bei Tisch war es ungemütlich. Jenni rührte keinen Bissen an. Die anderen aßen still, ohne das gewohnte Plaudern. Sogar die immer muntere Mamsell saß mit eisiger Miene an ihrem Tisch, sagte kaum ein Wort, noch nicht einmal zu Claudine, und verließ den Saal sofort nach dem Essen.

Bobby ging mit Jenni in ihr Zimmer und versuchte, die Freundin zu trösten. Die anderen vom Klub aber setzten sich zur Beratung zusammen.

„Wir gehen zu Fräulein Theobald“, schlug Hilda vor. „Fräulein Körner war bestimmt schon bei ihr. Sie wird uns sagen, was eigentlich los ist.“

So machten sich die sechs Mädchen auf den Weg. Vor dem Zimmer der Direktorin hielten sie an. Drin ging es anscheinend lebhaft zu. Sie hörten viele Stimmen.

„Wollen wir lieber noch warten?“ fragte Nanni.

Aber Hilda sagte: „Nein, Jenni ist so unglücklich, und vielleicht wird drin gerade über sie gesprochen. Wir müssen ihr helfen.“

Sie klopfte an die Tür.

„Herein!“

Fräulein Theobald sah erstaunt auf die sechs Mädchen, die ins Zimmer stolperten.

Wie immer redete Hilda für alle. Sie sah sich um. Tatsächlich, das ganze Lehrerkollegium war versammelt. Die Hausmutter war auch dabei. Also ging es wirklich um Jenni.

„Bitte, Fräulein Theobald“, begann Hilda. „Wir wissen nicht, was Jenni in der letzten Mathematik-Arbeit angestellt hat, und sie selber weiß es auch nicht. Sie ist sehr unglücklich, und wir möchten ihr helfen.“

„Das ist sehr kameradschaftlich von euch gedacht. Jenni hat eine große Dummheit begangen. Ich fürchte, daß ihr da wenig helfen könnt."

„Aber *was* hat sie denn getan?"

„Kollegin Körner, bitte sagen Sie es den Mädchen."

„Nun, ihr habt neulich alle eine Reihe von Unterlagen zur Vorbereitung dieser Arbeit von mir bekommen. Ich nehme an, ihr habt sie gründlich benutzt. Die Arbeit ist ja gut ausgefallen. Jenni aber hat diese Zettel mitgebracht und davon abgeschrieben. Wahrscheinlich konnte sie sie nicht mehr rechtzeitig verstecken, als ich ihr Heft mit den allerletzten einsammelte, und hat sie deshalb unter die Bogen Millimeterpapier geschoben. Das Ganze ist ein arger Vertrauensbruch."

Einen Augenblick schwiegen alle, dann sagte Hanni laut: „Das glaube ich nicht."

Sie verbesserte sich erschrocken: „Ich meine, daß Jenni das so angefangen hat, Fräulein Körner. Natürlich glaube ich, daß die Zettel zwischen dem Papier lagen."

Hilda kam ihr zu Hilfe: „Ich kann es mir auch nicht denken. Gerade Jenni ist absolut ehrlich."

„Jawohl", rief Carlotta laut, „dafür lege ich beide Hände ins Feuer."

„Na, na, nicht so voreilig, Kind", mahnte die Direktorin. „Ich kenne Jenni auch als sehr ehrliches Geschöpf. Aber diese Sache spricht doch gegen sie."

„Trotzdem muß es eine andere Erklärung geben", beharrte Hilda, und die anderen nickten.

„Ich finde, Jenni sollte überhaupt erst einmal erfahren, was los ist", rief Hanni. „Wie soll sie sich sonst verteidigen können?"

„Damit hast du unbedingt recht." Fräulein Theobald nickte, nahm das Haustelefon und sagte zum Hausmeister: „Schicken Sie bitte sofort Jenni Robin zu mir."

Kurz darauf klopfte es, und auf das „Herein" trat Jenni ins Zimmer, völlig verweint, während die meisten sie als besonders übermütig kannten. Mit ihr zusammen kam Bobby, die sich entschuldigen wollte: „Verzeihen Sie, Fräulein Theobald ..."

Da sah sie die anderen und platzte heraus: „Ach, ihr seid auch schon da!"

Zum ersten Mal mußte die Direktorin lachen. „Der ganze Spatzenklub, ja, ja", sagte sie.

Nun hellten sich auch die Mienen der anderen Lehrerinnen auf. Noch nicht einmal Fräulein Körner blickte genauso streng wie vorher. Sie wandte sich an Jenni:

„Bitte sag mir ehrlich, ob du die Unterlagen, die ich euch neulich gab, während der Klassenarbeit benutzt hast."

Erstaunt sagte Jenni: „Aber die hatte ich doch gar nicht! Ich habe sie verlegt."

„Zwischen deinem Millimeterpapier lagen sie."

Da platzte Bobby einfach mitten in das Gespräch: „Fräulein Körner, Jenni hat neulich nachmittag wie verrückt nach diesem Blatt gesucht. Unser ganzes Zimmer hat sie durchwühlt und dann doch meine Niederschrift zur Vorbereitung benutzt." Sie überlegte einen Augenblick und meinte dann: „Das Millimeterpapier hat sie am Morgen schnell noch vorgekramt, weil ich sie in letzter Minute daran erinnerte. Sie hat es gewiß auch nicht sofort zur Hand gehabt. Sie stürzte ja als letzte in die Klasse. — Menschenskind, Jenni, dabei hast du die gelösten Aufgaben die ganze Zeit zwischen den Bögen liegen gehabt. Du bist ein hoffnungsloser Fall mit deiner Unordnung!"

Fröhliches Lachen folgte auf Bobbys Standpauke. Fräulein Theobald hatte es angestimmt, und alle anderen lachten mit.

„Ja, Jenni", sagte die Direktorin, „dem, was Bobby dir da eben geflüstert hat, gibt es wohl nichts mehr hinzuzufügen. Wir wissen alle, daß du die Ordnung nicht gepachtet hast. Nun siehst du einmal, wohin das führen kann! Trotzdem bin ich froh, daß du wenigstens den bösen Betrug nicht begangen hast."

Klassenabend

Vom Klassenabend für die fünfte und sechste Klasse hatte zuerst Fräulein Theobald gesprochen. Dann tauchte das Wort immer öfter in Unterhaltungen und Bemerkungen auf. Schließlich stand es fest: Am zweiten Samstag im März sollte er stattfinden. Wer wollte, durfte Eltern oder Freunde dazu einladen.

Eilig gingen die Einladungen hinaus. Gina berichtete sogar nach Afrika davon, wenn sie auch genau wußte, daß ihre Eltern beide nicht kommen konnten. Jetzt aber litt sie nicht mehr darunter. Sie fühlte sich in Lindenhof geborgen – und im Klub der Spatzen.

„Wir müssen etwas Besonderes bieten", sagten die Mitglieder des Theaterklubs. Anneliese saß eifrig über großen Papierbogen. Sie wollte ein paar kurze Zwiegespräche für die anderen verfassen. Darin wollten sie einiges zum besten geben, was in der Schule während der letzten Wochen geschehen war. Eigentlich war das ja keine Aufgabe für eine Dichterin – dachte sie bei sich. Aber es bereitete ihr trotzdem Spaß.

Etwas Besonderes bieten – das wollte auch der Sportklub. So hatte Ursel es angekündigt. Marianne sagte nichts dazu. Sie erschien kaum zu den Klubstunden. Sollten Ursel und Ellen doch sehen, wie sie fertig wurden!

Carla freilich ging hin, auch wenn Marianne dann gern eine boshafte Bemerkung machte. Sie erkannte bald: für eine Vorführung am Klassenabend etwas einzuüben – das schafften die nie.

„Marianne", fing sie abends vor dem Schlafengehen an, „willst du dich nicht ein bißchen um den Klub kümmern? Er ist doch im Grunde deine Sache, du selber hast ihn ja angeregt!"

„Ach, laß mich in Ruhe damit! Ich muß die Sportpläne für den Sommer ausarbeiten. Fräulein Theobald möchte sie noch vor den Ferien sehen."

Mit Marianne war nicht zu reden. Aber die anderen kamen nicht vorwärts.

Deshalb wandte Carlotta sich an Ursel: „Warum bittest du Marianne nicht um Hilfe?"

Ursel sah sie verblüfft an. „Meinst du wirklich, daß sie uns helfen würde? Ich glaube, sie ist ärgerlich, weil sie nicht zur Vorsitzenden gewählt wurde."

„Unsinn", sagte Carla, allerdings gegen ihre eigene Überzeugung, „sie wartet nur darauf, daß du sie bittest. Sieh mal, den Klub zu führen und anderen Sport beizubringen, das ist zweierlei." Sie suchte verzweifelt, wie sie es am besten erklären konnte. „Das ist wie bei der Eisenbahn: Einer stellt den Fahrplan zusammen, und einer fährt die Züge. Marianne kann euch bestimmt eine bessere Nummer einüben, als wenn ihr es allein versucht."

„Na, dann will ich es einmal probieren", sagte Ursel seufzend.

„Marianne", fing sie an, als sie sich auf dem Flur trafen, „ich habe eine Bitte. Weißt du, der Fahrplan ... die Züge ... eine Lokomotive bin ich nicht", stotterte sie, und Marianne fuhr sie barsch an: „Was redest du da eigentlich für Blödsinn?"

„Ja, weißt du ..." Ursel gab sich einen Ruck, „... bitte hilf uns doch, zum Klassenabend etwas einzuüben."

„Aha!" Marianne sagte noch nichts weiter. Aber im Grunde fühlte sie sich doch geschmeichelt. Ohne sie ging es eben nicht.

„Was wollt ihr denn machen?" fragte sie gnädig.

„Gymnastik vielleicht ..."

„Ich überlege es mir. Wann tagt der Klub wieder?"

„Heute nachmittag, halb fünf."

„Gut, ich komme."

So wurde auch das geschafft.

Der Spatzenklub hatte keinen Ehrgeiz. Sie wollten sich lieber anschauen, was die anderen boten. Ja, wenn es Sommer gewesen wäre! Dann taten sich die Zwillinge und Bobby im Schwimmen hervor. Und bei Sportspielen waren sie begeistert dabei. Nur Claudine verzichtete auch dabei auf jeden Ruhm.

Jetzt waren die Spatzen müde. Sollten die anderen sich ruhig anstrengen!

„Die Jüngeren wollen auch einmal drankommen", sagten sie weise.

Der Festtag rückte immer näher. Die Mädchen suchten ihre Kleider heraus. Gina legte ebenfalls Rock und Bluse zurecht — ahnungslos, daß wenigstens ein paar aus der Schule wußten, wie sie dazu gekommen war.

„Ich glaube kaum, daß meine Mutter erscheint", meinte Angela auf Ellis Frage. „Sie hat sich im letzten Sommer hier recht unbehaglich gefühlt."

Elli lachte. „Ja, ich weiß! In Fräulein Theobalds Kleidern, nachdem Claudine ins Wasser gestürzt war und sie von oben bis unten naßgespritzt hatte."

„Gräßlich! Ich kann es meiner Mutter nachfühlen, daß sie wütend war. Übrigens, Elli, glaubst du, daß Claudine wirklich nur aus Versehen ins Wasser gefallen ist?"

„Unsere wasserscheue Claudine?" fragte Elli zurück. Aber sie erinnerte sich an eine Bemerkung ihrer Kusine Hanni, daß Angelas Mutter häßlich über Mamsell gesprochen hatte. Da war es Claudine wohl zuzutrauen, daß sie sich und ihre Tante auf solche Weise rächte.

Die Eltern der Zwillinge konnten nicht kommen, obwohl die Mutter es ihnen versprochen hatte. „Vati hat sich eine dumme Grippe geholt", schrieb die Mutter. „Da kann ich ihn jetzt nicht allein lassen. Aber ihr kommt ja bald in die Ferien. Dann werden wir euch hoffentlich im Wagen abholen können."

Elli kam am Festtag mittags in den Eßraum und rief: „Kinder, draußen steht eine tolle Frau! Ich möchte wissen, wer das wohl ist. Sie fragte nach der Direktorin."

Bobby meinte seelenruhig: „Wir werden es schon noch erfahren, setz dich einstweilen und iß!"

„Und was war so toll an ihr?" fragten die anderen.

„Stellt euch vor: dunkle Hose, darüber ein dreiviertellanger Mantel mit Pelzbesatz und eine entzückende Pelzkappe. Und eine Figur dazu! Eben toll!"

„Endlich hat Elli wieder jemand zum Anschwärmen", rief Jenni.

„Arme Elli, die letzten Wochen war es direkt schlimm für dich."

Sie lachten alle, und Elli wurde rot. „Wartet ab, bis ihr die Fremde seht", sagte sie nur.

Fast alle Schülerinnen erschienen, dagegen wenig erwachsene Besucher. Die Mädchen entdeckten Ellis Fremde.

Ja, die war es wert, angestaunt zu werden! Ausnahmsweise waren sie einer Meinung mit Elli. Statt des Hosenanzugs trug die Dame nun ein rostfarbenes Brokatkleid und ein wundervolles passendes Armband.

Doch wer ging neben ihr, im süßen türkisfarbenen Minikleid mit leichter Perlstickerei, türkisfarbenen Sandaletten und einem Perlentäschchen? Sie rieben sich die Augen — ja, es war wirklich Gina! Eine strahlende, glückliche Gina.

Die Fremde war die Schwester ihres Vaters. Auf die Bitte von Ginas Eltern war sie hergekommen, um einmal nach Gina zu sehen. Extra von Mailand war sie gekommen! Das war die große Überraschung des Abends. Die Darsteller hatten es schwer, daneben zu bestehen. Sie schafften es trotzdem!

Die Turnerinnen hatten großen Erfolg. Jedes Mädchen trug zwei bunte Fähnchen. Die wurden bei den Gymnastik-Übungen geschwenkt und gedreht, daß es oft wie bunte Wellen über die Mädchen wegglitt. Marianne saß am Klavier und sorgte, daß alle im Takt blieben. Sehr anmutig war die Gruppe, alle Zuschauer hatten ihre Freude daran.

Unter den anderen vielen hübschen Vorführungen gab es zwei Höhepunkte.

Der erste wurde von Anneliese angekündigt: „Die schreckliche Geschichte einer Spuknacht auf Lindenhof." Die Bühne war finster. Da klang es wie fernes Sturmgeheul. Aus einer Ecke blitzte ein Lichtstrahl ... noch einer ... dann bimmelte ein Glöckchen jämmerlich, und um die Ecke flog eine weiße Gestalt. Nur der runde Kopf und das flatternde weiße Gewand waren zu erkennen. Der Lichtstrahl zitterte darüber hin, und eine hohe Stimme sang: „Ich bin der Geist der unseligen Aloysia Fauleborn aus Dummsdorf. Zwei meiner Lehrerinnen haben sich aus Verzweiflung über meine Faulheit dem Trunk ergeben, und die dritte hat sich unglücklich verheiratet. Zur Strafe für meine Sünden muß ich spuken, solange die Faulheit und die Dummheit in Lindenhof nicht ausgestorben sind bis auf den allerletzten Rest. Huiiih-!" Und Aloysia fegte noch einmal durch die Luft, bis die Bühne wieder dunkel wurde.

Auch der andere Höhepunkt war eine Art lebendes Bild. Sein Titel hieß: „Winterliche Abenteuer einer Standesperson."

Aha! Mamsell setzte sich bequem zurecht, damit ihr ja nichts entging!

Eine dick vermummte Gestalt stieg bergan. Wie hatte Doris sich bloß so ausgepolstert, daß sie wie eine Kugel wirkte? Der Zipfel der Wollmütze schwankte hin und her, als sie keuchend bergauf ging (Doris stieg die hohe Trittleiter hinauf, über die eine große Plane gebreitet war). Sie stützte sich auf einen Skistock und verpustete nach jeder zweiten Stufe. Sie stieg und stieg, bis nur noch die Füße zu sehen waren. Auch die verschwanden, und es war allein das Pusten und Keuchen zu hören. Dann: ein Schrei, und den Hang herunter kugelte die vermummte Gestalt, eng an

Eine dick vermummte Gestalt stieg bergan

zwei andere geklammert. Unter vielem Jammern auf der Bühne ging das Licht aus. Im Saal erklangen Lachen und rauschender Beifall. Am meisten freute sich Mamsell. Sie lachte, daß ihr die Tränen über die Wangen kugelten.

Es war ein fröhlicher Abend. Wer Besuch hatte, ging am nächsten Tag noch aus. So hielten es auch Gina und ihre Tante. Aber sie luden für den Nachmittag die anderen sieben Spatzen ins Café – zu einer kreuzfidelen Sitzung mit dem Ehrengast.

Angela sah sie mit stillem Neid davongehen. Wer hätte hinter Gina so eine schicke Tante vermutet?

Lebhafter Besuch

Der Hausmeister, der zugleich der Fahrer vom Bus und vom Lieferwagen in Lindenhof war, kam von einer Besorgung zurück, stürzte ans Telefon und sprach mit einer Werkstatt. Dann berichtete er der Hausmutter: „Draußen an der Waldecke liegt ein Omnibus fest. Er hat wahrscheinlich einen Schaden im Getriebe. Vielleicht ist auch eine Achse gebrochen, wer weiß. Ich habe die Werkstatt angerufen, damit bald jemand kommt und ihn abschleppt oder repariert. Schlimm ist bloß, daß es ein Wagen voll Kinder ist, die in irgendein Heim fahren. Die werden natürlich unruhig. Wie der Fahrer und die wenigen Erwachsenen damit fertig werden sollen, ist mir ein Rätsel."

Die Hausmutter erkundigte sich sofort nach dem Alter der Kinder.

„Na, so von sechs Jahren an bis zu etwa zehn", meinte er. „So genau habe ich nicht darauf geachtet."

Die Hausmutter sprach mit der Direktorin. Sie waren sich schnell einig: Der Fahrer mußte den Schulbus aus der Garage holen und, zusammen mit der Hausmutter, zur Unfallstelle aufbrechen.

Von weitem hörten sie schon, daß es lebhaft zuging.

Die Hausmutter verhandelte mit den drei Damen, die den Transport begleiteten. Für die Einladung aus Lindenhof waren sie sehr dankbar.

Es hieß also: „Nehmt alle eure Rucksäcke oder Beutel. Zieht eure Mäntel an und steigt aus. Wir sind in eine schöne, große Schule eingeladen, bis unser Bus weiterfahren kann."

Das gab ein Gequirl und Gezappel!

„Gitti, hast du deine Tasche?" — „Helmut, bring meine Jacke aus dem Gepäcknetz mit!" — „Ursel, du mußt mir mein Buch zurückgeben." — „Hat keiner meinen Schal gesehen?" — „Los, Toni, nun beeil dich doch!"

Es dauerte eine Weile, bis sämtliche Kinder auf der Straße standen.

„Und unsere Koffer, wo bleiben die?" fragten ein paar Vorsichtige.

„Der Bus wird abgeschlossen, da kommt nichts weg", tröstete der Fahrer.

„Wie lange müssen wir hier bleiben?"

„Das erfahren wir, sobald die Leute aus der Werkstatt den Schaden untersucht haben."

„Aber zurück müssen wir bestimmt nicht?"

„Keine Angst – ihr kommt ins Ferienheim. – So, aber nun steigt endlich ein!"

Der Fahrer von Lindenhof hatte die Türen weit geöffnet, und seine neuen Fahrgäste stolperten eilig hinein.

„Rufen Sie in Lindenhof an, sobald Sie Näheres wissen", schärfte die Hausmutter dem fremden Fahrer noch ein. „Hier ist unsere Nummer!" Dann stieg sie vorn zu ihrem Fahrer, und ab ging es, Richtung Lindenhof.

„Ist das die Schule?" fragten die Kinder, als sie um die nächste Biegung kamen und Lindenhof vor sich sahen.

„Das sieht ja aus wie ein Schloß", sagte ein Mädchen ehrfürchtig.

„Oder wie ein Kloster", setzte ein Junge hinzu.

Als sie vor dem Haupteingang hielten, stand die Direktorin zur Begrüßung der Gäste da. Sie hatte schnell vorgesorgt, daß alle gut unterkamen. Als erstes hatte sie ihre „Großen", die Mädchen aus der sechsten Klasse, mitten aus dem Unterricht herausgeholt. Sie hatten im Gemeinschaftsraum Tische gedeckt, Stühle herangeschleppt und dann in der Küche geholfen.

„Wir essen heute etwas später", sagte Fräulein Theobald zur Hausmutter. „Jetzt scheint es mir wichtiger, daß unsere kleinen Gäste erst mal zur Ruhe kommen."

Die Köchin hatte zwei große Kannen Kakao bereitgestellt. Fünf Mädchen bestrichen eifrig die Brotscheiben, die Hilda ihnen von drei großen Laiben herunterschnitt.

Nun ergriff die Hausmutter das Kommando. Sie überschlug ihre Vorräte und rechnete aus, wieviel wohl an diesem Tag zusätzlich gebraucht wurde. Dann schickte sie den Fahrer mit einer umfangreichen Liste noch einmal in die Stadt. Für den fremden Busfahrer bekam er ein Paket Butterbrote mit. „Er soll nicht verhungern, wenn er vielleicht gar nicht zum Essen gehen kann", meinte sie schmunzelnd. Sie plante für den Abend gleich noch ein warmes Essen ein. „Denn wann bekommen die armen Würmer heute abend noch etwas, selbst wenn sie in vier, fünf Stunden weiterfahren können?" sagte sie zu der einen Reisebegleiterin, die ihr in der Küche half.

„Ich habe aber eigentlich Hilfe genug", fuhr die Hausmutter fort, „sehen Sie nur meine Mädchen an, wie fleißig die sind."

Und das stimmte. Alle waren eifrig bei der Sache, alle ohne Ausnahme, sogar die behäbige Elma Pudden und Angela. Ganze Brotberge wurden in den Gemeinschaftsraum getragen und leere Teller herausgebracht.

Die Köchin bereitete inzwischen das Essen für das Internat fertig. Es wurde ausgemacht, daß diesmal jede Klasse in ihrem eigenen Gemeinschaftsraum aß. So mußten Teller und Bestecke dorthin gebracht werden. Die jüngeren Jahrgänge wollten auch helfen, aber die Hausmutter winkte ab.

„Dann können wir uns in der Küche überhaupt nicht mehr rühren", behauptete sie. „Außerdem gibt es bei solchem Gewühl viel zuviel Scherben."

In Lindenhof herrschte meistens fröhliches Leben. Doch so lustig wie an diesem Tag war es nicht oft. Die Geister der kleinen Gäste wurden immer lebendiger. Ein paar schlichen heimlich zur Tür, wanderten die Flure entlang, klinkten verstohlen eine Tür auf, probierten, wie ein Wandschrank zu öffnen war.

Mamsell hatte sich für einen kurzen Mittagsschlaf hingelegt. Da wurde sie durch einen Luftzug wach: Staunend blickten zwei kleine Mädchen zu ihr hin. „Que voulez vous, mes petites?" fragte sie schlaftrunken, und die beiden nahmen Reißaus.

Im Zeichenraum klirrte es. Fräulein Jenks, die gerade vorbeikam, sah hinein: Zwei kleine Künstler malten eifrig auf die Tafel, ein dritter wischte mit einem patschnassen Schwamm sofort alles wieder aus. Die beiden Künstler setzten sich natürlich kräftig zur Wehr, wenn ihre Werke vernichtet wurden. Auch in der Küche stellte sich Besuch ein, in den Schlafräumen ... kurz, die Unruhe nahm zu.

Wie sollten die drei Begleiterinnen diese ungeduldigen Kinder bändigen?

Da holte Fräulein Theobald ihre Großen wieder zusammen und schlug vor: „Nehmt euch zu zweit immer ein paar von den Kindern, vielleicht vier oder sechs, beschäftigt euch mit ihnen. Lest ihnen vor, macht Spiele oder geht meinetwegen auch ein Stück hinaus mit ihnen."

Das war eine willkommene Abwechslung! Im Hof machten sie Kreisspiele. Sie versteckten sich, spielten Fangen und „Bäumchen, Bäumchen wechselt euch". Marianne veranstaltete ein großes Wettrennen und Dreibeinhüpfen. Elma hatte ihren ganzen Vorrat an Pralinen und Plätzchen geplündert und las den eifrig schleckenden Kindern ein langes Märchen vor. Doris hatte sogar von der ersten Klasse das selbstgebastelte Kasperltheater ausgeliehen. Damit spielte sie einer Gruppe das Märchen vom Teufel mit den drei goldenen Haaren vor. Zu dieser Vorstellung kamen viele Zuschauer, auch aus den unteren Klassen.

Nun waren alle zufrieden, die Gäste und die Gastgeber, und die Zeit verging ihnen fast zu schnell.

Der Fahrer brachte den Bescheid mit, daß sie wahrscheinlich gegen fünf starten konnten. So standen pünktlich halb fünf große Schüsseln mit warmen Puddings und Reisspeisen auf den Tischen. Den Kindern schmeckte es.

Dann hieß es: „Lebt wohl!"

Sie winkten, bis der Bus um die Ecke bog.

„Und wißt ihr, was mich am meisten erstaunt hat", sagte Elli abends zu Hanni und Nanni: „wie Angela mit den Kindern umgehen konnte! Sie war richtig nett und lieb. Keine Spur von Hochmut. Sogar die Nase geputzt hat sie einem Dreikäsehoch und hat dazu eines ihrer eigenen Taschentücher genommen."

„Na also", meinte Nanni, „unsere Mutter sagt es ja immer: In jedem Menschen steckt etwas Gutes!"

Und noch ein Fest!

Knappe zehn Tage waren es noch bis zu den Osterferien. Alle waren schon in der fröhlichsten Urlaubsstimmung, alle vertrugen sich. Auch mit Angela hatten sie ihren Frieden gemacht. Sie hatten sehr gestaunt, daß sie beim Klassenabend die Spukszene gar nicht krumm genommen, sondern mit den anderen herzlich darüber gelacht hatte. Ellis Bericht über ihr nettes Benehmen bei dem unerwarteten Kinderbesuch tat ein übriges.

Die Arbeiten und die mündlichen Prüfungen hatten sie hinter sich. Es war bei allen gut gegangen. Sogar Doris, die im Französischen das schwarze Schaf blieb, „der Nagel zum Sarg", wie Mamsell immer wieder versicherte, hatte sich durchgewürgt. Ohne einige Seufzer war es freilich nicht abgegangen. Doch zum Schluß hatte Mamsells gute Laune nach der gelungenen Darstellung ihres Skiabenteuers auch die letzten Hürden genommen.

So waren sie alle sehr übermütig, die Sechstkläßler, und sie grübelten, was sie als würdigen Schlußpunkt hinter dieses lebhafte, aufregende Vierteljahr setzen konnten.

Jenni war es, die den richtigen Gedanken hatte.

„Hört mal alle her", rief sie, als Fräulein Jenks nach der letzten Stunde das Klassenzimmer verlassen hatte, und schwang sich aufs Lehrerpult. „Mir ist vorhin etwas Tolles eingefallen."

„So, da scheinst du ja gut aufgepaßt zu haben!"

„Hab ich auch! Als Fräulein Jenks nämlich von den Eßsitten der Mongolen sprach, habe ich überlegt, daß wir eigentlich einmal den Lehrerinnen ein Fest geben könnten."

„Mit ranziger Butter im Tee, wie es in der Mongolei üblich ist?" kicherte Nanni. „Wenn ich mir da Mamsell mit ihrer verwöhnten Zunge vorstelle!"

„Oder Fräulein Theobald", rief Bobby lachend dazwischen, „wenn wir vor lauter Höflichkeit dauernd aufstoßen!"

Diese Vorstellungen waren so komisch, daß die ganze Klasse quietschte, sich vor Vergnügen bog oder den Kopf auf den Tisch legte, weil es sie vor Lachen schüttelte.

Endlich hatten sie sich so weit beruhigt, daß Jenni weiterreden konnte. „Zum Glück sind wir ja nicht bei den Mongolen", sagte sie, „und können uns gesitteter aufführen. Aber was haltet ihr von einer Tafel mit allerlei ausgefallenen Sachen? Ein paar verrückt gemixte Salate, belegte Brote mit lauter bunten Zutaten, Apfelsinen auf Käseschnitten oder so ..."

„Gezuckerte Erdbeeren zum Heringssalat", warf Bobby dazwischen, und es gab einen neuen Lachsturm.

Jenni fuhr ungerührt fort: „Gina kocht uns gewiß einen großen Topf voll Spaghetti, nicht wahr?"

Gina nickte.

„Und Claudine besorgt in der Stadt ein paar besondere Soßen."

„Auch einige Weinbergschnecken?“ fragte Claudine mit scheinheiliger Miene. „Wenigstens für jede eine.“

Aber da schüttelte es die anderen vor Grausen. Zum Glück hielten die Schnecken noch ihren Winterschlaf.

Jennis Idee war großartig – das fanden alle, obwohl sie Jenni immer wieder neckten.

„Wann soll das Fest steigen?“ fragte Hilda. „Ich finde, am letzten Tag, wenn die anderen schon abgereist sind.“

„Das ist gut. Hinterdrein gibt es aber viel Arbeit mit dem Aufräumen.“

„Das schaffen wir schon“, versicherten die anderen.

Bei Tisch schilderten sie sich gegenseitig so ausgiebig alle möglichen guten Sachen, die sie irgendwann einmal genossen hatten, daß die Lehrerinnen und die Mädchen an den Nebentischen erstaunt zuhörten.

„Sagt mal, was ist denn in euch gefahren?“ fragte Fräulein Körner. „Schmeckt es euch hier nicht mehr?“

„O doch“, versicherte Carlotta sofort. „Aber jeder Mensch kriegt doch gelegentlich einmal Appetit auf etwas Besonderes. Was ist denn Ihr Lieblingsessen, Fräulein Körner?“

„Königinpastete.“

„So, na, das läßt sich machen“, murmelte Carlotta. „Und Mamsell, was essen Sie besonders gern?“

„Bouillabaisse.“

„Du liebe Zeit, was ist das? Claudine, kennst du das auch?“

„Freilich, es ist eine wunderbare Suppe, aber nur mit vielerlei Zutaten und mit viel Geduld herzustellen.“

„Ach du Schreck. Da werden Sie wohl noch eine Weile auf Ihre Lieblingssuppe verzichten müssen, Mamsell, Sie Arme.“

„Macht nichts, ihr Lieben. Ich esse dann zu Hause die doppelte Menge.“

*

„Wir können ja wirklich nicht jeder Lehrerin ihr Lieblingsessen vorsetzen", warnte Marianne am Abend, als sie ihre Besprechung begannen. „Wo kommen wir sonst hin?"

„Also, was essen wir dann?"

„Eierkuchen", rief Doris und „Leberspätzle" Carlotta. Jetzt nannten sie ihre eigenen Lieblingsgerichte. Aber das war natürlich noch weniger möglich.

„Ich bin der Meinung", sagte Carla, „daß wir eine gute Suppe kochen, aber natürlich nicht Mamsells Bouillabaisse oder wie sie heißt –, vielleicht eine Hühnerbrühe aus Büchsen. Dann sehr viele belegte Brote, Salate und irgendeine Süßspeise. Was haltet ihr davon?"

„In Ordnung!" – „Ja, so machen wir es!"

„Gina kocht Spaghetti zu den Salaten, und wir legen noch Aufschnitt dazu."

„Und ich backe einen Kuchen", erklärte Elma zur allgemeinen Verwunderung.

„Hoch, Elma!" rief Jenni. „Dazu gibt es dann Tee. Wir ernähren unsere Lehrerinnen nicht schlecht, finde ich."

„Seid ihr euch klar darüber, daß wir eine Menge Arbeit haben werden?" erinnerte Hilda vorsichtig. „Denn wir müssen einkaufen, den Eßraum hübsch herrichten, alles zurecht machen und am Schluß aufräumen. Lange Gesichter dürft ihr dann nicht machen!"

Claudine hatte einen ihrer Gedankenblitze. „Wollen wir nicht in der zweiten Klasse fragen, ob ein paar mitmachen wollen? Meine Schwester zum Beispiel fährt ohne mich bestimmt nicht ab. Wir laden die Kleinen dann ein, zum Mitfeiern und zum Helfen!"

„Claudine, du bist manchmal ein Genie! Wie wäre es, wenn Antoinette selber in ihrer Klasse herumhorchte, wer Lust hat? Allzuviele können wir nicht gebrauchen."

„Ich sage es ihr."

„So, und nun die Börsen auf!" rief Hanni. „Hier habt ihr meine Handtasche. Werft hinein, was ihr entbehren könnt!" Und sie machte den Anfang.

Am nächsten Tag ging eine Abordnung der sechsten Klasse – Hilda, Hanni, Marianne, Petra und Bettina – zur Direktorin und überbrachte die Einladung.

„Vorausgesetzt, daß Sie einverstanden sind, Fräulein Theobald", sagte Hilda zum Schluß.

Fräulein Theobald war überrascht, aber sie fand den Plan nett und stimmte zu.

„Dann müssen wir es so halten", sagte sie: „Die Schule ist gegen zehn Uhr gewöhnlich leer. Ihr könnt schon vorher in die Küche gehen. Ich werde mir Mühe geben, die Hausmutter und die Köchin beizeiten herauszulocken. Dann steigt euer Festessen um zwölf . . ."

„ . . . und anschließend dann gleich der Tee!" rief Hanni dazwischen.

„So, Tee gibt's auch noch? Ihr wollt uns verwöhnen! Um drei heben wir jedenfalls die Tafel auf. Das Aufräumen wird gut bis gegen fünf dauern. Dann kann, wer mag, noch den Abendzug nehmen. Die andern fahren mit dem Frühzug. Ist es so recht?"

„Vielen Dank, ja." Sie zogen hocherfreut davon.

In Hannis Tasche war eine hübsche Summe zusammengekommen.

Am letzten Tag nahmen also die sechste Klasse und von der zweiten Antoinette, Sabine und Regine nicht am allgemeinen Abschiedstrubel teil. Sie werkelten eifrig in der Küche, schnitten Brote, kochten Eier, hackten Kräuter und stellten Geschirr bereit.

Elma stand mit hochrotem Kopf vor dem Backofen. Wenn ihr der Kuchen nur nicht anbrannte! Auf alle Fälle hatte sie sich Puderzucker besorgt, damit ließen sich dunkle Stellen verdecken.

Büchsen wurden geöffnet, und Doris schnitt sich dabei gewaltig in den Finger.

Gina zerbrach die langen Spaghetti ein wenig. „Sonst hängen sie euch bloß im Gesicht herum wie zu Hause den

Touristen", meinte sie. „Ihr könnt euch gar nicht vorstellen, wie komisch das manchmal ist."

„Eigentlich könntest du uns einen kleinen Kurs im Spaghetti-Essen geben", sagte Nanni. „Brich also nicht alle Nudeln entzwei. Wenn wir es lernen, glänzen wir heute an der Tafel damit."

Tatsächlich versuchten sie es, und – o Wunder! – Hilda, Carlotta, Petra und die Zwillinge schafften es zur Spaghetti-Meisterschaft.

„Wir stellen eine Extraschüssel mit den richtigen Spaghetti hin. Daraus nimmt nur, wer eben das richtige Spaghetti-Essen gelernt hat. Die werden staunen!"

Der Tisch mußte hübsch gedeckt werden. Die Hausmutter hatte alle Sachen herausgestellt, die gebraucht wurden. Sie schaute zweimal zur Küchentür hinein. „Soll ich nicht doch ein bißchen helfen?"

„Nei–i–in!"

Allgemeiner Protest, und sie ging auf ihr Zimmer, um die eigene Osterreise vorzubereiten.

Die Wangen vor Aufregung hochrot und strahlend empfingen die Mädchen ihre Gäste. An einem Nebentisch füllten Hilda und Petra die Tassen mit der Brühe. Die drei Helferinnen aus der zweiten Klasse trugen sie gewandt und vorsichtig an den Tisch. Dann setzten auch sie sich, und Hilda rief laut: „Guten Appetit!"

Von allen Seiten kam großes Lob. Dann erhob sich Fräulein Theobald und sagte in einer launigen Rede für alle Eingeladenen Dank. Sie machte es kurz.

„Bei langen Reden werden nur die Speisen kalt. Und die Spaghetti dampfen so verlockend. So wünsche auch ich allen einen recht guten Appetit!"

Sie setzte sich und griff nach der Schüssel – mit den langen Spaghetti!

„Halt, die nicht!" Carlotta versuchte, ihr eine andere Schüssel zu reichen. Aber Fräulein Theobald hatte bereits den Trick durchschaut. Sie zwinkerte Carlotta vergnügt zu, nahm eine tüchtige Portion und fing, heimlich von allen beobachtet, seelenruhig zu essen an. Sie konnte es!

Gina atmete direkt erleichtert auf, und nun nahmen auch die anderen. „Wir sind die Spaghetti-Meistergilde, scheint mir", sagte Fräulein Theobald, als sie den Tisch entlang blickte.

Was wurde nicht alles in den paar kurzen Stunden geschwatzt! Alle waren in Ferienstimmung, also in allerbester Laune. Sie kramten Erinnerungen hervor.

„Wie viele von euch sind eigentlich von Anfang an in Lindenhof gewesen?" fragte Fräulein Theobald. „Hilda und Jenni, das weiß ich. Dann kamen etwas später Hanni und Nanni."

„Die hochnäsigen Zwillinge", warf Jenni ein.

„Hör bloß auf!" rief Nanni. „Es stimmt, wir haben uns zuerst haarsträubend aufgeführt. Wir hatten nicht hergewollt und hofften, uns bald unmöglich zu machen. Das war übrigens bei anderen ähnlich, nicht wahr, Marianne?"

„Ja, ich kam ja auch nur für vierzehn Tage her!" Marianne mußte lachen, als sie an ihre erste Zeit in Lindenhof dachte.

„Und gar nicht lange wird es dauern, da fliegt ihr endgültig davon, ihr lieben Kinder alle", meinte Mamsell wehmütig. „Aber nach Ostern sehen wir uns noch einmal wieder, n'est-ce-pas?"

„Ja! Wir kommen alle", riefen sie. „Du doch auch, Gina?"

Die junge Italienerin wurde rot. „Ja, aber ich komme erst ein paar Tage später."

„Warum denn?"

Gina sah Fräulein Theobald an. Die nickte ihr zu.

„Wißt ihr, ich habe es auch erst neulich erfahren. Meine Tante hat alles geregelt und auch mit Fräulein Theobald gesprochen. Es ist . . . ich fliege nämlich übermorgen nach Afrika."

„Nach ... wirklich nach Afrika?“

Die anderen konnten es kaum fassen.

„Und da sitzt du seelenruhig hier zwischen uns?“ fragte Bobby verständnislos. „Ich glaube, ich könnte bloß noch herumhüpfen und singen, wenn ich du wäre.“

„Ja, es war eine große Überraschung“, sagte Fräulein Theobald. „Zu deiner Beruhigung übrigens, Bobby: Ich glaube, Gina hat auch einen Luftsprung vor Freude gemacht.“

„Mein Vater ist wieder gesund“, erzählte Gina. „Deshalb möchte er meiner Mutter und mir ein Stück Afrika zeigen. Ich freue mich ganz toll!“

„So, und nun“, rief die Hausmutter, „bevor wir zum Tee und Kuchen übergehen, haben auch wir unsere kleine Überraschung. Antoinette, Sabine und Regine, holt aus dem unteren Fach vom Eckschrank Gläser für alle, für euch drei auch. Und Hilda, Hanni und Nanni, ihr bringt bitte die drei großen Krüge, die ich vorhin in den Kühlschrank gestellt habe, und gießt uns Bowle ein.“

Sehr schnell wurden diese Aufträge ausgeführt.

Fräulein Theobald nahm ihr Glas und sagte:

„Und nun wollen wir auf eine frohe Ferienzeit trinken und auf eure fröhliche Heimkehr in unseren lieben Lindenhof!“

Aufstellung aller Titel dieser Reihe:

Für Hanni und Nanni-Sammler

Die richtige Reihenfolge aller „Hanni und Nanni"-Geschichten steht hier. Auch in welchem Sammelband diese Geschichte steht. Daß die richtige Reihenfolge mit den Sammelbänden nicht übereinstimmt liegt daran, daß wir zunächst nur einige Geschichten von „Hanni und Nanni" brachten. Als „Hanni und Nanni" aber zu den Lieblingen der Mädchen wurden, sind wir gedrängt worden, immer mehr Bücher zu bringen. Und diese Geschichten, die wir später brachten, haben wir dann erst in einen Sammelband genommen.

Mit herzlichen Grüßen
Eure
„Hanni und Nanni"-Redaktion
im Franz Schneider Verlag

		in Sammelband
1	Hanni und Nanni sind immer dagegen	1
2	Hanni und Nanni schmieden neue Pläne	1
3	Hanni und Nanni in neuen Abenteuern	1
4	Kein Spaß ohne Hanni und Nanni	2
5	Hanni und Nanni geben nicht auf	4
6	Hanni und Nanni im Geisterschloß	3
7	Hanni und Nanni suchen Gespenster	4
8	Hanni und Nanni in tausend Nöten	5
9	Hanni und Nanni groß in Form	5
10	Hanni und Nanni geben ein Fest	5
11	Lustige Streiche mit Hanni und Nanni	2
12	Hanni und Nanni und ihre Gäste	4
13	Fröhliche Tage für Hanni und Nanni	2
14	Hanni und Nanni gründen einen Klub	3
15	Hanni und Nanni im Landschulheim	3

Außerdem erschienen 2 Hanni- und Nanni-Bändchen in englischer Sprache mit Vokabeln auf jeder Seite: **Adventures with Hanni and Nanni I und II**

Weitere spannende Schneider-Bücher der Autorin:

Die Burg erlebt ihr größtes Fest
Wir werden Möwenfels nie vergessen!

Dolly · Wiedersehen auf der Burg
Dolly kehrt auf die geliebte Burg zurück

Dolly · Hochzeit auf Burg Möwenfels
Dolly erlebt den schönsten Tag ihres Lebens

Dolly · Die jüngste Burgmöwe
Das größte Ereignis in Dollys Leben

Dolly · Sammelband I
Die lustigsten Schulabenteuer auf der Burg, 3 Bände

Dolly · Sammelband II
Die abenteuerlichsten Schulstreiche auf der Burg, 3 Bände

Dolly · Sammelband III
Die aufregendsten Erlebnisse auf der Burg, 3 Bände

Tina und Tini suchen den geheimnisvollen Schatz
Aufregende Ferien voller Geheimnisse

Tina und Tini stehen vor neuen Rätseln
Wer ist der neugierige Fremde?

Tina und Tini überlisten den Meisterdieb
Eine Schiffsreise mit vielen Überraschungen

Tina und Tini und das Geheimnis des schwarzen Hundes
Auf den Spuren einer Inselbande

Tina und Tini · Die geheimnisvolle Rumpelkammer
Als Detektive auf einer heißen Spur

Tina und Tini · Das Geheimnis des Gärtners
Was verbirgt sich in den alten Gemäuern?

Tina und Tini entlarven die Tigerbande
Geheimnisvolle Zeichen führen zum Täter

Tina und Tini · Das Rätsel der Marzipantorte
Auf der Suche nach dem versteckten Spion

Tina und Tini · Geisterstimmen im Park
Leben in dem alten Haus im Park Gespenster?

Tina und Tini und die spanischen Zwillinge
Eine aufregende Schiffsreise

Tina und Tini · Sammelband 1
Die spannendsten Abenteuer von Tina und Tini und ihren Freunden

Tina und Tini · Sammelband 2
Neue, lustige Abenteuer von Tina und Tini

Tina und Tini · Sammelband 3
Wieder geraten Tina und Tini in aufregende Abenteuer

Geschichten zum Staunen und Lachen
(Schreibschrift) Ein lustiges Mal- und Lesebuch für die Kleinen

Tobi, unser frecher Dackel
(Schreibschrift) Lustige Geschichten für Leseanfänger

Märchen in Schreibschrift
Fröhliche kleine Leute

In unserer Schule ist was los
Spaß und Aufregungen im Internat

Unser liebes Pony
Pony „Schneeflocke" kann sogar die Zeitung holen

Die berühmten 5 in der Geisterstadt
Eine alte Legende bringt die Fünf auf die Spur der goldenen Königin

Die berühmten 5 als Schatzsucher
Die Fünf wollen den heimtückischen Plan von drei Banditen durchkreuzen

Die berühmten 5 und die Perlenschmuggler
Ein antiker Sekretär birgt ein gefährliches Geheimnis

ALBUM
5 Freunde auf neuen Abenteuern
Wohin führt der unterirdische Geheimgang?